逃走

新米女刑事

南　英男
Minami Hideo

文芸社文庫

目次

第一章　強欲《ごうよく》な嫌われ者

1

息苦しい。

それほど静かだった。自分の呼気《こき》さえ聞こえそうだ。

取調室は沈黙に支配されていた。町田署である。新宿署に次ぐ大規模署だ。署員は、およそ六百人いる。

二階の刑事課フロアに隣接している取調室2だった。署舎は七階建てだ。別館もある。

半沢一《はんざわはじめ》警部補は灰色のスチールデスクを挟《はさ》んで、三十四歳の被疑者と向かい合っていた。相手は清澄到《きよすみいたる》という名で、インテリア会社の営業マンだった。

七月上旬のある日の午後二時過ぎだ。外は蒸《む》し暑かった。

五十三歳の半沢は、刑事課強行犯《きょうこうはん》係の係長である。彼は八年前まで、渋谷署の刑事課で働いていた。そのときは強行犯係の主任だった。

半沢は異動で、係長に格上げになったわけだ。昇進は遅いほうだった。しかし、当の本人は少しも気にしていない。

もともと出世欲はなかった。性格ものんびりとしている。万事にスローモーで、めったなことでは物に動じないタイプだ。

といっても、ただのぼんくらではない。捜査能力は群を抜いている。検挙件数は常に署内でトップだった。それでいて、いわゆる点取り虫ではなかった。他人に気を配り、人情の機微《きび》も弁《わきま》えていた。

半沢は大卒だが、職人気質《かたぎ》の刑事である。

DNA鑑定など科学捜査を高く評価しながらも、現場捜査で培《つちか》われた職業的な勘や第六感も軽《かろ》んじてはいない。犯罪の捜査は、どこか職人技《わざ》と一脈通じるものがある。こつこつと地道な努力を重ねなければ、成果は出ない。愚直《ぐちょく》なまでに研鑽《けんさん》を積む。そう芸術家のように閃《ひらめ》きだけでは勝負できないのだ。

した努力がなければ、決して技は磨かれない。

半沢は、刑事も一種の職人と考えている。そんなことで、彼は自《みずか》ら〝職人刑事《デカ》〟と称していた。

持論をしばしば職場で語っているうちに、いつしか半沢は六人の部下から親方と慕《した》われるようになっていた。そう呼ばれると、ちょっぴりこそばゆい。だが、悪い気はしなかった。

東京都郊外にある町田市は人口約四十二万人のベッドタウンだ。新興住宅街が拡《ひろ》がり、団地やマンションも多い。

都心から二十キロも離れているが、駅前周辺は〝西の歌舞伎町《かぶきちょう》〟と呼ばれるほどの繁華街だ。そのため、犯罪発生件数は少なくない。

「いつまで黙りこくってるつもりなんだっ」

隅《すみ》の席でノートパソコンに向かっていた草刈厚志《くさかりあつし》巡査部長が焦《じ》れて、椅子《いす》ごと振り向いた。それでも清澄は両腕を組んだまま、閉じた瞼《まぶた》を開けようとしない。

草刈は三十四歳である。部下の中では、最も気が短い。

やんちゃ坊主がそのまま大人になったような顔立ちで、髪型は時代遅れのスポーツ刈りだ。服装にも無頓着《むとんちゃく》だが、刑事としては見込みがある。

「なんとか言えよ」

「同じことを何回繰《く》り返しても、無意味でしょうが」

清澄が目を開け、皮肉たっぷりに言った。年齢の割に目尻《めじり》の皺《しわ》が深い。愛知県下の公立高校を卒業し、十代から社会の荒波に揉《も》まれてきたせいだろうか。

「そっちの妹が赤詐欺《あかさぎ》に引っかかったことには同情してるよ」

草刈が言った。

「赤詐欺って？」

「結婚詐欺のことだよ。警察の隠語さ。そっちが妹思いであることは認めよう。しかしな、妹の罪まで被《かぶ》るのは間違ってるよ」

「待ってください。結婚話を餌《えさ》にして妹の舞衣《まい》から二百万円も騙《だま》し取った佐竹真也《さたけしんや》の顔面を剃刀《かみそり》で傷つけたのは、このおれなんです」

「いい加減にしろ！　昨夜《ゆうべ》、森野《もりの》三丁目の佐竹の自宅マンションから清澄舞衣が出てくるところを複数の入居者が目撃してるんだ。それにな、被害者宅の隣室に住む女性がその前に佐竹の悲鳴と怒声を聞いてるんだよ」

「おれは、妹と一緒に佐竹の部屋に入りました。それで犯行後、先に舞衣を逃がしたんですよ」

「ほう。なんで妹と一緒に逃《フ》げ《ケ》なかった？」

「おれには、まだやらなきゃならないことがあったんです。佐竹は五人の独身女性の体を弄《もてあそ》んで、それぞれから数百万円ずつ騙し取った。あいつの整ったマスクを傷つけるだけじゃ腹の虫が収まらなかったんで、体も血塗《まみ》れにしてやろうと思ったんですよ。そこまでやれば、佐竹も懲《こ》りると考えたんだ」

清澄が言って、ふたたび目をつぶった。草刈が舌打ちし、机を拳《こぶし》で叩《たた》いた。

「烏賊《いか》が怒《いか》った！」

すかさず半沢は、得意の親父《おやじ》ギャグを飛ばした。

駄洒落《だじゃれ》好きでもあるが、おどけて見せるのは緊張感をほぐすことが狙《ねら》いだった。照れ隠しにギャグを連発することも少なくない。

「親方、場所を考えてくださいよ。それ以前に親父ギャグとなぞなぞ問題では、おれたち、大迷惑してるんですから」

「確かに、くだらないギャグは傍《はた》迷惑だろうな。しかし、なぞなぞは脳力アップのトレーニングになるぞ」

「まいったな。いっつも、それだもんなあ」

「では、いくぞ。擦《こす》って点《つ》けるのはマッチだが、擦って消すものは？」

「いまは取り調べ中なんです。いくらなんでも不真面目《ふまじめ》すぎますよっ」

「そう堅いことを言うなって。草刈、よーく考えてみろ。ふだんから頭を使ってないと、科学捜査に勝てないぞ。それじゃ、癪《しゃく》だろうが。え？」

「降参です」

「きみなら、わかりそうだな」

半沢は清澄に声をかけた。清澄がゆっくりと目を開けた。

「職務中にふざけすぎてるな。そんな具合だから、あんたたちは税金泥棒なんて言われるんですよ」

「無駄に思える遣《や》り取りも、捜査には必要なんだよ。で、さっきのなぞなぞの答えだが……」

「消しゴムでしょ？」

「正解だよ。きみのユーモアセンスはAランクだ。たいしたもんだよ。そんなに頭の回転が速《はや》いのに、身替り犯としてはあまり賢《かしこ》くないね」

「どういうことなんです？」

「被害者の佐竹は、剃刀で顔面を七カ所も斬《き》られてた。そういう形で恨《うら》みを晴らそうとするのは、女性の発想だな。過去の事例から、そのことは明言できる。男が犯人の場合は、素手《すで》か金属バットの類《たぐい》で殴打するもんさ」

「何事にも、例外はあるでしょ？　おれは佐竹が自分のルックスに自信を持ってるから、五人の女を騙す気になったと思ったんですよ。現に妹もイケメンの佐竹に言い寄られて、つい警戒心を忘れてしまった。だから、おれは佐竹の面《つら》を傷だらけにして、もうナンパできないようにしてやりたかったんですよ」

「身内を大切にするのは結構だが、きみの兄妹《きょうだい》愛は間違ってるな。きみが妹の罪を被ることは愛情じゃなく、単なる甘やかしだよ」

「えっ⁉」

「舞衣さんは二十六歳だったね？」

「そうです」

「なら、まだ人生をやり直せる。舞衣さんは被害者でもある。せっせと貯《たくわ》えた二百万を佐竹にまんまと騙し取られたんだから。検事や裁判官も人の子だ。必ず情状酌量《じょうじょうしゃくりょう》してもらえるよ」

「そうでしょうか」

「実刑判決が下《くだ》ったとしても、一年かそこらで仮出所できるだろう。清澄君、妹に更生のチャンスを与えてやれよ。それが真の兄弟愛だと思うがな」

「………」

「清澄君、罪は罪だよ。人間は完全無欠じゃないから、時に過《あやま》ちを犯す。法を破ったら、それなりの償《つぐな》いをする。それが人の道じゃないのか。え？」

「佐竹は屑《くず》のような奴です。そんな男のために、妹が前科者になるなんて……」

「わたしは罪そのものは憎んでも、加害者に人間失格の烙印《らくいん》を捺《お》す気はないんだ。刑事のわたしだって、いつ法律を破るかもしれない。人間は弱い動物だからね。道を踏み外したからって、それですべてが終わりってわけじゃない。罪を本気で償えば、真っ当な人間に戻れるんだよ」

「ずいぶん青臭いことを言うんですね。あなたは偽善者なんだろうな」

「そう思ってもかまわない。それよりも真実を語ってくれないか。犯行に及んだのは、きみの妹なんだね?」

「そ、それは……」

「清澄君、安っぽい兄妹愛で舞衣さんを庇《かば》いつづけたら、どっちも後悔することになるぞ。それでもいいのかっ」

半沢は言った。清澄はしばらく黙りこくっていたが、やがて口を開いた。

「嘘《うそ》をついて、すみませんでした。きのうの晩、佐竹に怪我《けが》を負わせたのは妹の舞衣です」

「やっと喋《しゃべ》ってくれたか。辛《つら》かったろうな。で、きみの妹は柿生《かきお》のワンルームマンションを出てから、どこに潜伏してるんだ?」

半沢は問いかけた。

「本厚木《ほんあつぎ》駅前のビジネスホテルに隠れてます」

清澄が観念した表情で言い、ホテル名と部屋番号を明かした。半沢はメモを執《と》った。

「おまえみたいな奴がいるから、おれたちは貴重な時間を奪《と》られてしまうんだ。捜査を混乱させたんだから、それなりの覚悟はしておけよな」

草刈が清澄を睨《にら》みつけた。

「公務執行妨害罪か何かで書類送検されるんですね?」

「まあな」

「清澄君は留置場にひと晩泊まったんだから、それ以上のペナルティーを科す気はないよ」

半沢は清澄に顔を向けた。

「ほんとですか⁉」

「ああ。このところ寝不足で、きみは現実と妄想《もうそう》の区別がつかなくなってしまった。それで、自分が佐竹の顔面を傷つけたと思い込んだ。そういうことだね？」

「刑事さん……」

「舞衣さんの身柄を確保したら、きみは家に帰してやろう」

「親方、それはまずいでしょ？　自分はともかく、課長が許可しないと思いますよ」

草刈が困惑顔で話に割り込んできた。

「責任は、このおれが持つ」

「しかしな」

「今回は、おれのやり方に従ってもらう」

半沢は一方的に言って、取調室2を出た。

通路の向こうに、刑事課のフロアがある。半沢は刑事課に入った。

すると、課長の小杉信行《こすぎのぶゆき》警部が手招きした。半沢は無言でうなずき、窓際の課長席に急いだ。小杉課長はちょうど五十歳である。

ノンキャリアながら、署内では出世頭だった。課長職に就《つ》いたのは四十一歳のときだったと聞いている。

半沢は、三つ年下の上司が苦手だった。自分よりも若いから、敬遠しているわけではない。課長の人柄が好きになれないのだ。

小杉は、現場捜査員を軽く見る傾向があった。ことに高卒の叩き上げ刑事に接する態度が冷ややかだった。見下《みくだ》していると言ってもいいだろう。

そのくせ、警察庁採用の警察官僚《キャリア》たちには恥ずかしげもなく媚《こ》びへつらう。要するに、出世欲が強いのだ。そうした陰日向《かげひなた》のある性格が嫌いだった。

だからといって、半沢は小杉課長に厭味《いやみ》や当て擦《こす》りを言ったことはない。

人には、それぞれ生き方がある。価値観が異《こと》なるのは当然だ。自分と考え方が違うからという理由だけで、相手を拒絶することはなかった。それではあまりに狭量だろう。人間として、器《うつわ》が小さすぎる。

「何でしょう？」

半沢はたたずみ、小杉に問いかけた。

「清澄は、身替り出頭したことを認めたのかな」

「ええ、ついさっきね」

「やっぱり、そうだったか。それで、妹の舞衣の潜伏先は？」

「本厚木駅前のビジネスホテルにいるそうです。これから、部下に舞衣の身柄《ガラ》を押さえさせます」

「よろしく！　清澄は妹を不憫《ふびん》に思って身替り出頭したんだろうが、人騒がせな奴だな。この際《さい》、お灸《きゅう》をすえてやらんとね」

「そのことなんですが、清澄は充分に反省してますので、今回は説諭《せつゆ》処分で済ませてやろうと思ってるんですよ」

「しかし、それでは示しがつかないな」

「チンケな罪名で清澄を書類送検しても、手柄にはならないでしょう。かえって、みっともないことになるんじゃないのかな」

「それも、そうか。その件は、半沢係長の判断に委《ゆだ》ねよう。それはそうと、言い忘れていたことがあるんだ」

「なんでしょう？」

「去年二月にうちの署で刑事実習を受けた伊織奈穂《いおりなお》巡査が、ここの強行犯係に転属になったんだよ。正式な拝命《はいめい》は明日なんだが、きょうの夕方、ちょっと挨拶《あいさつ》に来るそうだ」

　小杉が告げた。

半沢は驚きと嬉《うれ》しさを同時に感じた。しかし、表情は変えなかった。それでも、いまにも頬が緩《ゆる》みそうだった。

「そうですか。確か彼女は去年の三月に警察学校を出て、府中署の生活安全課勤務になったはずですよね？」

「そう」

「わずか一年四カ月で刑事に昇任されて、異動になるのは前例がないことだな」

「そうだね。伊織巡査は刑事実習の指導係だった半沢係長の下でどうしても働きたくなって、何か裏技を使ったんだろうか」

小杉が声を潜《ひそ》めた。

「裏技？」

「ほら、彼女の母親の弟の緒方努《おがたつとむ》氏が警察庁のキャリアでしょ？　警察官僚は、大変な力を持ってるからね」

「伊織が叔父の力を借りたんだとしたら、フェアじゃないな」

「そう言ってるが、半沢係長、なんか嬉しそうだよ。研修中、まるで自分の娘のように面倒を見てたからね。それだから、彼女はどうしても半沢係長の部下になりたかったんだろう。その気持ちを汲《く》んでやっても……」

「しかし、人事異動に妙な裏があったとしたら、それは問題だな」

「そうスクエアに考えなさんなって。何事にも裏はあるもんでしょ？　面倒なことは考えないで、伊織巡査を一人前の女刑事に育て上げてほしいな」

「課長命令なら、従いましょう」

「無理して仏頂面《ぶっちょうづら》をすることないのに。半沢係長も内心は嬉しいはずだ」

「ええ、まあ」

「明日から、強行犯係は明るくなるな」

「でしょうね」

半沢は相槌《あいづち》を打って、自席についた。

すぐに部下の今井忠彦《いまいただひこ》と堀切直紀《ほりきりなおのり》を呼び寄せ、清澄舞衣を緊急逮捕するよう指示した。今井たちは、ただちに本厚木に向かった。

「悪いが、茶を淹《い》れてもらえるかな」

半沢は、デスクワークにいそしんでいた村尾勇《むらおいさむ》に声をかけた。最も若い部下である。

「はい、すぐに淹れます。濃さは、いつも通りですね？」

「ああ。そうだ、例の伊織巡査が明日から強行犯係のメンバーに加わるぞ。少し前に、その話を課長から聞いたんだ」

「それはグッドニュースですね。彼女は下手なアイドルよりも容姿がいいし、頭もシャープだからな。自分は大歓迎です」

「ほかの連中も喜ぶだろう。もちろん、こっちも同じだよ」

「伊織巡査は府中署で大きな手柄を立てて、異例の早さで刑事になれたんでしょう。強行犯係も明日から華《はな》やかになりますね」

村尾が立ち上がり、窓辺に置かれたワゴンに歩み寄った。ワゴンには、ポット、コーヒーメーカー、茶筒などが載《の》っている。

また、奈穂と聞き込みや張り込みができるわけだ。

半沢は、思わず口許を綻《ほころ》ばせた。結婚した当初から、第一子は娘が欲しいと願っていた。

妻が最初に身籠《ごも》ったのは女の子だった。だが、その子は流産してしまった。

その後、半沢は二人の息子に恵まれた。しかし、どちらも父親に甘えてまつわりついたのは小学校の低学年までだった。徐々に父親離れし、思春期に入ると、まともに口も利《き》かなくなった。それだけではなく、反抗もした。

男の子は甘え方が下手なのだろう。

半沢は胸底《きょうてい》で呟《つぶや》き、セブンスターに火を点けた。

長男の薫《かおる》は二十六歳だ。外資系の石油会社に勤めている。薫は入社と同時に世田谷区喜多見《きたみ》にある実家を出て、代々木上原《よよぎうえはら》にアパートを借りた。間取りは１ＤＫだ。

次男の望《のぞむ》は二十四歳である。去年の春に中堅私大を卒業し、いまは新百合丘《しんゆりがおか》にある映画専門学校に通っている。映像作家志望だった。将来はＣＭやプロモーションビデオを撮《と》りたいようだ。

「どうもお待たせしました」

村尾が緑茶を運んできた。

半沢は礼を述《の》べ、湯呑《の》み茶碗《ぢゃわん》を机上に置いた。花柄の洋盆《トレイ》には、村尾のマグカップが載っている。彼はコーヒー党だった。

「渋さも湯の熱さもパーフェクトだな」

半沢は茶を口に含んでから、自席に戻った村尾を犒《ねぎら》った。

村尾が嬉しそうに笑い、やりかけの仕事に取り組みはじめた。半沢は奈穂と過ごした一カ月を思い起こしながら、ゆったりと紫煙《しえん》をくゆらせた。

自分がハンサムだったら、息子よりも若い奈穂を異性として意識していたかもしれない。

半沢は身長百六十七センチだが、体重は七十八キロもある。柔道五段の猛者《もさ》だ。だが、顔は厳《いか》つくない。

丸顔だ。やや奥目で、色は浅黒い。だいぶ薄くなった頭髪は白髪混《しらがま》じりである。

妻帯者が邪《よこしま》なことを考えるのはよくない。

半沢は自分を戒《いまし》め、ぼんやりと時間を遣り過ごした。

今井と堀切が清澄舞衣を連行してきたのは午後四時過ぎだった。半沢は舞衣の兄を帰宅させ、被疑者の取り調べを開始した。

すでに舞衣は観念したようで、犯行を全面的に認めた。凶器の剃刀は、現場近くの側溝《そっこう》に投げ棄《す》てたと供述した。

半沢は村尾に凶器を探すよう指示し、草刈に舞衣の供述調書を取らせた。手書きではなく、パソコン打ちだった。プリントアウトは読みやすいが、温《ぬく》もりが感じられない。

「あいつは、佐竹は町田市内の外科医院に入院してるそうですね？」

舞衣が確かめた。

「そうだ。二週間ほどでいったん退院して、大学病院で形成手術を受けるらしいよ。しかし、剃刀の傷痕《きずあと》は完全には消せないだろう」

「そうらしいですね。だから、わたし、凶器に剃刀を選んだんですよ。ルックスで女たちを引っかけられなくするためにね。誰かが歯止めをかけないと、あの男は結婚に憧《あこが》れてる女性たちをずっと喰《く》いものにしつづけたでしょう」

「自分の犯行を正当化してはいけないな」

「そんなつもりはありません。ただ、動機は個人的な恨みだけじゃなかったんです。義憤《ぎふん》も感じたんですよ。むろん、罪の償いはしますす」

「そうか。刑に服して、しっかりと生き直してほしいな。何か困ったことがあったら、遠慮なく連絡してくれ。極力《きょくりょく》、力になるよ」

半沢は舞衣に言って、草刈に目配せした。

草刈が立ち上がり、舞衣を留置場に連れていった。これで一件落着したわけだが、晴れやかな気分にはなれない。

半沢は溜息《ためいき》をついた。

犯人を全面自供に追い込むたびに、きまって遣り切れなさを味わう。犯罪を赦《ゆる》す気はないが、加害者たちが心理的に追い詰められ、凶行に走ってしまった憤《いきどお》りや憎悪は汲み取れるからだ。

事実、この世には救いようのない悪人がいる。生きる価値もない連中でも、私的に裁《さば》くことはできない。それが法治国家のルールだ。

清澄舞衣には同情するが、やはり傷害の事実に目をつぶるわけにはいかない。これでいいのだろう。

半沢は自分に言い聞かせてから、取調室1を出た。通路を横切り、刑事課に戻る。

自席に坐って間もなく、奈穂が訪れた。

ショートヘアは肩まで伸びていた。黒いインナーの上に、白い麻の上着を羽織《はお》っている。下は、涼しげな茶系のパンツだ。

半沢は笑顔で奈穂を迎えた。実の娘が短期留学を終えて帰国したような気分だった。思わず抱き寄せてしまった。いわゆるハグだった。

「お久しぶりです。刑事研修では大変お世話になりました。いろいろ勉強させてもらいました。小杉課長からお聞きでしょうが、明日から半沢係長の下で働かせていただくことになりました」

奈穂が敬礼し、透明な笑みを浮かべた。

「明日から、みっちり鍛《きた》えてやる」

「ぜひ、お願いします。親父ギャグも楽しみにしています」

「笑いの質は低いがな」

「あっ、そうだわ。父が作ったケーキを持ってきたんです。みなさんで食べてください」

奈穂が言って、大きな白い箱を半沢の机の上に置いた。彼女の父親は、ＪＲ国立《くにたち》駅の近くで『セボン』という洋菓子店を営《いとな》んでいる。いわゆるオーナー・パティシエだ。自宅を兼ねた店舗は三階建てで、二、三階が居住スペースになっているという話だった。

「手土産《てみやげ》、遠慮なく頂戴《ちょうだい》するよ」

「ええ、どうぞ」

「少し大人っぽくなったな」

半沢は、にこやかに言った。不自然な異動のことで厭味を言うつもりでいたが、奈穂の顔を見たとたん、憎まれ口を利く気はなくなっていた。

「小杉課長に挨拶したら、紅茶を淹れますね」

奈穂が小声で言い、課長の席に足を向けた。半沢は顎《あご》を撫《な》でた。

なんか張りが出てきた。

2

ケーキの箱が空《から》になった。

奈穂はなんとなく嬉しくなった。持参した十五個のケーキは、わずかな間に先輩刑事たちの胃袋に収まった。

「伊織、うまかったよ」

草刈が言った。

「気を遣《つか》っていただいて、ありがとうございます」

「え？」

「甘いものは苦手な草刈さんがモンブランとストロベリータルトを食べてくれたのは、

サービス精神からだったんでしょ？」

「そんなんじゃないよ。甘さが控え目なんで、つい二個も喰っちゃったんだ。あっ、いけねえ！　村尾の分を残しておかなかった」

「そういえば、そうですね。あら、どうしましょう⁉」

「心配するな。村尾の分は、ちゃんと残してあるよ」

かたわらの半沢係長がそう言って、机上の紙皿を指《さ》した。そこには、チョコレートケーキが載っていた。

「さすが係長ですね。わたしが二つずつ取り分けたケーキを一つ残したんですね？」

「うん、まあ。おれはエクレアをいただいた。うまかったよ。親父さんは、腕のいいパティシエなんだな」

「いまのお言葉を父に伝えておきます。泣いて喜ぶと思います」

「オーバーだな」

「自分が悪いんです」

堀切が、ばつ悪げに言った。すると、半沢が問いかけた。

「なんのことだ？」

「自分が三個もケーキを喰っちゃったので、村尾の分がなくなっちゃったんです。別に甘党じゃないんだけど、ついがっついちゃったんですよ。あんなに味のいいケーキは食べたことがなかったもんで」

「いいさ、気にするな。村尾には、このチョコレートケーキ一個で我慢してもらおう」

「すみません。奈穂ちゃんは一個も食べてないいんじゃない？」

「いいんです、わたしは。家に帰れば、いくらでもケーキがあるんですから。それより父に電話して、追加の差し入れを届けてもらいましょうか？」

奈穂は誰にともなく言った。空豆《そらまめ》のような顔をした今井が最初に口を開いた。

「そこまで気を遣うことないよ。伊織巡査は、正式にわれわれのチームに入るわけだからさ」

「でも、毎日、十数個は必ず売れ残るんです。捨てるのはもったいないですから、本当に家に電話します」

「いいって。それより、一日早いけど、きみの歓迎会と称して、みんなで飲もう」

「いいですね。親方の奢《おご》りで、パーッといきますか」

森正宗《もりまさむね》刑事が合《あい》の手を入れた。

そのとき、小杉課長の机の上で警察電話が鳴った。事件発生を告げる入電だろう。

一瞬、場が静まり返った。

「宴会は延期になりそうだな」

半沢がのっそりと立ち上がって、課長席に向かった。

どんな事件が起きたのか。奈穂は半沢の後ろ姿に視線を当てた。

前の職場も居心地は悪くなかった。だが、与えられた仕事は雑用ばかりだった。新人なのだから、すぐに現場捜査に携《たずさ》われないことは当然だろう。

しかし、奈穂は妙な焦《あせ》りを覚えた。そんなころ、たまたま指名手配の強盗殺人犯を職務質問して緊急逮捕することができた。そのことが高く評価されて、刑事になれたと元上司に聞かされていた。一日も早く一人前の刑事になって、消息不明の旧友を自分の手で捜し出したいと願っていたので、刑事昇任は嬉しかった。

奈穂は幼い時分から個性が強かった。何よりも画一《かくいつ》を嫌い、いつも自分らしさを前面に押し出してきた。

自我《じが》が強いのは、母の影響かもしれない。母は事あるごとに、他人《ひと》は他人、自分は自分と言い諭《さと》してきた。

そのせいか、奈穂は他人と同じことをすると、なんとなく気持ちが落ち着かなくなる。自分が自分でなくなるような強迫観念《きょうはくかんねん》さえ覚えてしまう。

集団生活では、協調性や結束《けっそく》を求められる。当たり前のことだが、どうしても奈穂はそういう考え方に馴染《なじ》めなかった。

制帽や制服にワッペンを貼《は》っただけで、なぜ叱られなければならないのか。その程度のことで、調和を乱したとは思えない。周囲の友人たちに迷惑をかけなければ、個性的な発想も大事にすべきだろう。

幼稚園児のころから、奈穂は浮いた存在だった。小学校に入ると、いじめの標的《ひょうてき》にされた。髪型や服装が目立つから、生意気《なまいき》だというわけだ。

上履《うわば》きやランドセルを級友に隠されたことは数え切れない。リボンを鋏《はさみ》で切断され、髪止《カチューシャ》めを教室の窓から投げ捨てられたこともある。給食のパンやおかずに砂や粘土《ねんど》をまぶされたこともあった。画鋲《がびょう》も入れられた。

そうした陰湿《いんしつ》な意地悪をされても、奈穂は決して涙を見せなかった。泣いたら、自分の負けだと考えていたのだ。

負けん気の強さがクラスメートたちの憎しみを煽《あお》ったらしく、いじめは日ごとにひどくなった。それでも奈穂は耐えつづけ、絶対に逃げなかった。堂々と学校に通い、平然と授業を受けた。

中学生になっても、奈穂は級友たちに受け入れられなかった。というよりも、疎《うと》まれつづけた。他人に媚《こ》びたり、迎合《げいごう》することを極端に嫌ったせいだろう。

いつも奈穂は教室で孤立していた。休み時間は、たいていスマートフォンでポップスを聴《き》いていた。気が向くと、文庫本も開いた。

クラスメートに絡《から》んだことは一度もない。にもかかわらず、悪質な厭がらせは繰り返された。我慢にも限界がある。

奈穂は時たま、怒りを露《あらわ》にした。すると、級友たちは面白がって、さらに奈穂を嬲《なぶ》った。女子だけではない。男子からも、からかわれた。クラス担任は見て見ぬ振りをして、注意すらしなかった。

中学二年の秋の出来事だった。ある日の昼休み、奈穂はクラスの男子生徒に頭からバケツの水をぶっかけられた。

いきなりだった。昼食を摂《と》っている最中である。避けようがなかった。

さすがに惨《みじ》めだった。悔《くや》し涙で視界が霞《かす》んだ。クラスメートに涙を見られたくなかった。

席を立とうとしたとき、隣のクラスで疎外《そがい》されている高坂茉莉《こうさかまり》が駆け込んできた。

茉莉は鬼気《きき》迫る形相《ぎょうそう》でバケツを持った男子生徒に走り寄り、その喉元《のどもと》に彫刻刀の切っ先を突きつけた。相手は目を剝《む》き、女のような悲鳴を洩《も》らした。明らかに怯《おび》えていた。

茉莉は男子生徒を罵《ののし》り、膝頭《ひざがしら》で股間《こかん》を蹴《け》り上げた。相手は呻《うめ》きながら、その場にうずくまった。

次の日から、いじめはぴたりと熄《や》んだ。級友たちは茉莉の迫力に気圧《けお》されたにちがいない。奈穂は自然と茉莉と親しくなった。

茉莉は家庭環境が複雑で、非行を重ねていた。といっても、非行グループのメンバーではなかった。

いつも単独で、放課後、立川周辺で遊んでいた。生まれつき髪が茶色がかっていて、大柄だった。高校生と間違われることが多かったようだ。

その茉利が行方不明になったのは、中学三年の夏休みのことだった。何か犯罪に巻き込まれた可能性があったが、いまも茉利の安否《あんぴ》はわからない。

彼女には、大きな借りがある。奈穂は自分なりに茉利の行方を追ってみた。

だが、捜査の素人《しろうと》には手がかりさえ摑《つか》めなかった。このままでは、恩人を見殺しにすることになってしまう。

子供じみた発想だったが、奈穂は女刑事になって失踪《しっそう》中の茉利をなんとか捜し出したいと切望するようになった。迷った末の決断だった。

というのは、ひとりっ子の奈穂は行く行くは父のケーキショップを継《つ》ぐことになっていたのだ。短大を出たら、洋菓子専門学校に一年間通って父親の同業者の店で何年か修業することになっていた。父の利晴《としはる》も母の美和《みわ》も、それを望んでいた。

しかし、奈穂は恩人の茉利のことが気がかりだった。

思い悩んだ末、彼女は両親に進路を変えたいと告げた。父母は落胆した様子だった。娘が警察官をめざしていると知ると、さらに両親は驚いた。奈穂は、志望動機をぼかした。自分が、〝いじめられっ子〟だったことを打ち明けたら、両親が切ない思いをすると考えたからだ。

父母は寂しげな表情を見せたが、娘の進路変更には反対しなかった。昔から二人は、子供の意思を尊重してくれていた。

そんな経緯《いきさつ》があって、奈穂は刑事になったのだ。警察学校を卒業した日に寮を出て、国立の親許《おやもと》に戻った。いまは実家から勤めに出ている。独身の警察官は原則として、待機寮と呼ばれている単身者用宿舎に入らなければならない。規則が厳しく、あまり人気はない。奈穂はもっともらしい理由を申告して、入寮しなかったのである。

高坂茉利が行方不明になってから、もう八年になる。彼女がどこかで生きてくれていることを切に願う。

奈穂は冷めた紅茶を飲んだ。

ティーカップを机の上に置いたとき、半沢が戻ってきた。

「悪名高い高利貸しの福山常昌《ふくやまつねまさ》が午後六時三十八分ごろ、自分の事務所で毒入り最中《もなか》を喰って死んだ」

「いい気味だ！　福山の会社は出資法の上限金利の年二十パーセントの倍近い高利で暴利を貪《むさぼ》ってたから、客たちに相当恨まれてたんでしょう」

草刈が応じた。

「確かに『ピースファイナンス』の福山社長は、強欲《ごうよく》な金貸しだった。しかし、いい気味は不謹慎《ふきんしん》だろうが？」

「ま、そうですけどね。しかし、福山は評判悪かったなあ。市内に消費者金融が五十社近くあると言われていますが、『ピースファイナンス』は暴力金融並の高利でしたし、取り立て《キリトリ》ても半端じゃなかったそうですよ。地元のやくざも呆れるほどの追い込みをかけてたみたいですからね。客が自己破産しても、身内や縁者宅に押しかけて、貸金を強引に回収していたって話です。福山みたいな冷血な金融業者は社会の害虫です。早くくたばったほうが世のためですよ」

「自分もそう思います」

　森刑事が同調した。

「被害者が軽蔑《けいべつ》したくなるような金の亡者《もうじゃ》だったことは間違いないんだろう。しかし、一応、人間だったんだ。野良猫が毒殺されたわけじゃない。臨場《りんじょう》しなければな」

「自分は積極的には捜査したくないですね。みんなも同じ気持ちなんじゃないの？」

　草刈がそう言って、同僚を見回した。居合わせた刑事たちが相前後し、無言でうなずく。

「鼻抓《つま》み者は、殺されても嫌われ者か。自業自得だが、ちょっと哀《あわ》れだな」

「わたしでよければ、お供させてください」

　奈穂は半沢に言った。

「しかし、きみは転属したばかりだからな」

「足手まといでなければ、ぜひ……」

「いいだろう。では、一緒に来てくれ」

半沢が大股《おおまた》で歩きだした。奈穂は後《あと》に従った。

二人は一階に駆け降り、署の裏手の駐車場に急いだ。半沢が先に覆面パトカーの運転席に入った。メタリックグレイのスカイラインだ。奈穂は助手席に乗り込んだ。

「現場はどこなんですか?」

「原町田《はらまちだ》五丁目だ。被害者のオフィスは、健康福祉会館の近くの雑居ビルの三階にあるんだよ」

「会社名は『ピースファイナンス』でしたね?」

「ああ、そうだ。ハッピーでピースだったのは高利で荒稼ぎしてた福山だけで、客たちはピースなんかじゃなかったにちがいない」

「笑えないジョークですね」

「そうだな」

半沢が苦く笑って、スカイラインを発進させた。

町田署は旭町《あさひまち》三丁目にある。鎌倉街道に面しているが、市の中心部の小田急線町田駅やJR横浜線町田駅からは数キロ離れている。

覆面パトカーは駐車場から鎌倉街道に出た。署の並びに町田郵便局やコカ・コーラの営業所がある。真向かいには、都営団地が建っている。

スカイラインは鎌倉街道を数百メートル走り、旭町交差点を左折した。町田街道だ。左角にある『ロイヤルホスト』を越えると、半沢が車の屋根《ルーフ》に赤い回転灯を装着させた。

すぐにサイレンが響きはじめた。奈穂は少し緊張した。

覆面パトカーは道なりに走っている。左手の町田一中《いっちゅう》の脇を抜けると、右側に旧町田市役所が見えてきた。その前の通りは鶴川《つるかわ》街道だ。

旧市役所の右手に小田急町田駅がある。四、五百メートル先だ。小田急デパートの二、三階部分が駅になっている。

横浜線町田駅は、もっと右寄りに位置していた。二つの駅は連絡通路で結ばれていて、雨天でも濡《ぬ》れる心配はない。

横浜線町田駅のそばには、丸井、東急、ルミネ、ジョルナなどが並び、銀行やオフィスビルも多い。駅の向こう側はラブホテル街で、深夜にはアジア系の街娼《がいしょう》が立っている。そのあたりは、もう神奈川県相模原《さがみはら》市だ。

町田駅周辺には、夥《おびただ》しい数の商店や飲食店がひしめいている。わざわざ新宿や渋谷まで出かけなくても、ショッピングや飲み喰いはできるわけだ。

覆面パトカーは旧市役所跡地にできた芝生広場の横を通り抜け、小田急線の跨線《こせん》橋《きょう》を越えた。跨線橋は地元では中央橋と呼ばれている。

スカイラインは原町田五丁目交差点を左に曲がり、町田歯科医師会の先で右折した。百メートルほど先の雑居ビルの前に本庁機動捜査隊の車や鑑識車が連《つら》なっていた。まだ報道関係の車輛《しゃりょう》は目に留《と》まらない。

半沢がスカイラインを雑居ビルの数十メートル手前で路肩《ろかた》に寄せ、トランクルームのオープナーを引いた。

「二人分の布手袋《ぬのてぶくろ》、シューズカバー、キャップを出してくれ」

「はい」

奈穂は覆面パトカーを降り、命令に従った。半沢が車から降りてきた。

二人は雑居ビルの前で、それぞれヘアキャップを被って靴をビニールカバーで覆った。白い布手袋を嵌《は》め、エレベーターで三階に上がる。エレベーターホールには、若い制服警官が立っていた。彼は半沢に気づくと、最敬礼した。

「機捜《きそう》の山根《やまね》警部は来てるのかな？」

「はい。お呼びしましょうか」

「いや、警部補のおれが警部を呼びつけるわけにはいかない。警察は階級社会だからな」

半沢が明るく言い、体の向きを変えた。

ちょうどそのとき、『ピースファイナンス』から見覚えのある四十七、八歳の男が現われた。機動捜査隊の山根光夫《みつお》警部だった。

「山根警部、またお世話になります」

半沢が本庁の捜査員に敬意を払いながら、蟹股《がにまた》で歩み寄った。奈穂は山根に会釈《えしゃく》し、半沢の半歩後ろを進んだ。

「去年の春に刑事実習を受けた彼女、町田署に転属になったのか」

向かい合うと、山根が言った。どう答えるべきなのか。奈穂は当惑した。異例の早さで刑事になったことを話したら、自慢していると受け取られかねない。

「そうなんですよ、きょうからね。それまでは府中署勤務だったんですが、わたしが引き抜いたんです」

半沢が澄ました顔で言った。

「鳩山《はとやま》署長が何か手品を使ったようだな。刑事昇任が早すぎるもんね」

「伊織は府中署で、でっかい手柄を立てたんでしょう。ところで、もう遺体《ホトケ》とは対面したんですか？」

「ああ、少し前にね。被害者の口からアーモンド臭《しゅう》が漂《ただよ》ってたから、食べかけの最中に青酸化合物が盛られたことは間違いないな。おそらく、毒物は青酸カリだろう」

「青酸カリの致死量は〇・二グラムでしたかね？」

「〇・二グラム以上なら、間違いなく人間は死ぬ。検視官から聞いた話だと、ぎりぎりの致死量は〇・一五グラムらしい。人によっては、その量では死なない場合もあるそうだがね」

「そうですか。最中《もなか》の入手経路は？」

「それは、まだわからないんだ。死んだ福山常昌は夕方五時過ぎに四十分ほど外出して、帰ったときに十二個入りの最中の箱を手にしてたというんだよ」

「それは、従業員の証言なんですね？」

「そう。二人の社員が中央通りの『仙華堂《せんかどう》』という和菓子屋の手提《てさ》げ袋を福山が持って帰ったのを目撃してるんだよ」

「その最中を買った人物が最中の中に青酸カリを入れたんだろうな」

「ああ、おそらくね。従業員の話によると、福山は午後五時に町田街道に面した『ルル』という喫茶店で、戸浦亜美《とうらあみ》って二十六歳のＯＬと会うことになってたそうだよ。その喫茶店は、『セザール町田』ってマンションの並びにあるらしい」

「その戸浦亜美は、『ピースファイナンス』から金を借りてたんですか？」

「いや、その彼女は客じゃないそうだ。亜美の父親の実弟が登戸《のぼりと》で玩具店を経営してたらしいんだが、資金繰《ぐ》りに困って『ピースファイナンス』から去年の春に三百万ほど借りたというんだ。しかし、四十パーセント以上の高利だったんで、利払いもできなくなったみたいだね。店舗付きの住まいは借りてたとかで、銀行の担保物件にできなかったらしいんだ」

「そうですか」

「取り立てが厳しいんで、亜美の叔父夫婦はノイローゼになって、先々月、鎌倉の七里ヶ浜で入水《じゅすい》心中をしてしまったらしい。それで、連帯保証人だった亜美の父親が弟の借金の返済を肩代わりさせられたというんだよ」

山根が長嘆息《ちょうたんそく》した。

「借金の金利は複利計算で、だいぶ膨《ふく》れ上がってしまったんでしょうね」

「いま現在、約一千二百万円らしいよ。亜美の父の戸浦順一《じゅんいち》は小さなメッキ工場を経営してるんだが、金銭的な余裕はないみたいなんだ。で、娘の亜美が先月の上旬から福山に年利を利息制限法の上限金利の二十パーセントに引き下げてもらえないかと再三、頼み込んでたらしいんだよ。しかし、被害者はなかなか応じようとしなかったそうだ」

「メッキ工場なら、青酸カリを常備しているでしょう」

「個人的な見解なんだが、わたしは戸浦亜美が父親のメッキ工場から無断で青酸カリを持ち出して、手土産の最中にこっそり……」

「その可能性は否定できませんね。しかし、そうだとしたら、あまりにも無防備すぎませんか？　父親がメッキ工場をやってるわけですから、青酸カリなんか使ったら、真っ先に警察に疑われることになります」

半沢が言った。奈穂は遠慮がちに半沢に同調した。

「そうなんだが、亜美は父親が叔父の借金の返済を強く迫られるのを見るのが辛くて、短絡的に『ピースファイナンス』の福山社長を殺害してしまおうと思ったんではないだろうか」

「そうなんでしょうかね」

「後の捜査は、おたくたちの仕事だ。個人的には迷宮入りになってほしい気持ちもあるが、そうはいかないやね」

山根がそう言って、エレベーター乗り場に向かった。

「行こう」

半沢が促《うなが》した。ほどなく奈穂たちは、『ピースファイナンス』に入った。

手前に事務机が四卓並び、壁際にスチールキャビネットが据《す》え置かれている。三人の男性社員が、それぞれ機動捜査隊の捜査員の事情聴取を受けていた。

パーティションで仕切られた向こう側に社長の机が見える。青い制服姿の鑑識係たちは作業を終えて、帰り支度をしていた。鑑識作業が終了するまで、強行犯係も現場には近づけない。

奈穂は半沢に導《みちび》かれ、奥に進んだ。

被害者の福山社長は床にくの字に転がっていた。右手には、齧《かじ》りかけの最中が三分の一ほど残っている。喉のあたりに爪で掻《か》き毟《むし》った痕がくっきりと残っていた。

口許には泡《あわ》が付着している。中腰になると、アーモンド臭が立ち昇ってきた。

「庶民いじめの高利貸しは、死顔まで卑《いや》しく見えるな。こいつは弱者の生き血を吸いながら、自分だけ贅沢《ぜいたく》をしてたんだろう。真っ当な金融業者は貧乏人には救いの神だろうが、この男は悪魔そのものだったにちがいない」

半沢が吐き捨てるように言った。いつになく語気は強かった。

「忌《い》み嫌われてた高利貸しにも、金の亡者にならなければならない事情があったのかもしれませんよ。たとえば、親が信頼してた人間に全財産を騙《だま》し取られたとか……」

「そういう暗い生《お》い立《た》ちだったとしても、貧しい連中を喰いものにするのはよくないよ」

「ええ、出資法の上限年利をはるかに上回る高利は違法ですからね。被害者は性悪《しょうわる》だったんでしょうけど、れっきとした人間だったんです。係長、ちゃんと捜査をしましょうね」

「これは一本取られたな。性善説を支持してるおれが、つい妙な偏見を持ってしまった」

「金貸しに何か個人的な恨みでもあるんですか？」

「そんなものはないよ。ただ、おれは仕事というものは体力や知力を提供して、報酬を得るものだと考えてるんだ。銀行もそうだが、金を他人に貸すだけで高い利息を取るなんて、楽をし過ぎてるな。労働力や才能と引き換えに収入を得るのが、まともな職業だよ」

「それは、お金が汚いものだという偏見を持ってるからじゃないのかしら？　マンション、車、観葉植物なんかをリースしてる業者だって、別に労働力や才能を提供してるわけではありません。不労所得者ですからね。本質的には貸金業者と同じです」

「そうなんだが、庶民をいじめてる高利貸しは認めたくないね」

「その点は、わたしも同じです。ですけど、高利貸しでも人間は人間なんです。命の重さは同じはずです」

「またまた、一本取られたな。気恥ずかしくなるほどの正論だが、その通りだろうね。被害者の好き嫌いは別にして、犯人の割り出しを急ごう」

「はい」

「差し当たって、従業員から事情聴取だ」

「了解！」

奈穂は大きくうなずいた。

3

エンジンが唸《うな》った。

半沢は覆面パトカーを走らせはじめた。事情聴取を終えたのは数分前だった。

「最初は『ルル』という喫茶店に行くんですね？」

助手席に坐った奈穂が問いかけてきた。

「そうだ。『ルル』で会う予定になってたと言ってただろ？」

「ええ」

「まず、それを確かめよう」

半沢はスカイラインを七、八十メートル進め、東京電力町田営業所の手前で右折させた。

原町田五丁目交差点から町田街道に出る。中央橋方向に少し走ると、目的の喫茶店が見えてきた。間口《まぐち》は、それほど広くない。

半沢は車をUターンさせ、『ルル』の前に横づけした。奈穂が先に車を降りた。半沢は急いで運転席から離れた。

二人は『ルル』に入った。

店内の壁は青色だった。左側にボックスシートが四席あり、右手にL字形のカウンターがあった。奥の席に二十代のカップルがいるだけだ。カウンターの中で四十年配の男が何か炒《いた》めていた。マスターだろう。

青いバンダナを頭に巻き、デニム地のエプロンをしている。BGMはローリング・ストーンズの『サティスファクション』だった。だいぶ昔のヒット曲だ。

「町田署の者です」

半沢は、バンダナの男に写真付きの警察手帳を呈示した。

「ごめんなさい。少し待っててもらえますか？　いま、お客さんのピラフを作ってるところなんですよ」

「それじゃ、待たせてもらいます」

「どうぞお掛けになってください」

マスターらしい男が言った。

半沢は奈穂を目顔《めがお》で促し、先に椅子に腰かけた。すぐに奈穂が隣に坐る。半沢はセブンスターをくわえた。

一服し終えたとき、ピラフが出来上がった。バンダナの男はピラフを奥のテーブルに運ぶと、ふたたびカウンターの中に入った。

「どうもお待たせしました」

「あなたがマスターなのかな？」

「ええ、一応。マスターといっても、従業員はひとりもいませんけどね。五年前に脱サラして、のんびりとやってるんです」

「『ピースファイナンス』の福山社長は、この店の常連だったとか？」

「ええ。でも、毒入りの最中を食べて亡《な》くなったそうですね。十分ほど前に別の常連さんが見えて、事件のことを教えてくれたんです」

「それなら、話が早いな。きょうの午後五時ごろ、福山常昌はここに来たんでしょ？」

「ええ、お見えになりました。福山さんが坐って五分も経《た》たないうちに、二十五、六歳の女性が現われました」

「その彼女は、『仙華堂』の店名入りの紙の手提げ袋を持ってた？」

　半沢は訊《き》いた。

「いいえ、白っぽいハンドバッグしか持ってませんでした」

「そう。二人は、どこに坐ったのかな」

「あそこです」

　マスターが出入口に近いテーブルを手で示した。

「それほどカウンターから離れてるわけじゃないから、会話は聞こえたでしょ？」

「ええ、断片的ですが」

「どんな遣り取りをしてました？」

「女性は、叔父の借金の金利をせめて利息制限法に基づく上限年利の年二十パーセント以内にしてもらえないかと訴えてました」

「それに対して、福山はどう答えてたのかな？」

「焦《こ》げ付きもあるから、そんな低金利では商売にならないと言ってました。相手の方は、それなら出資法の上限年利まで利子を下げてくれと……」

「それで？」

「福山さんは、それも突っ撥《ぱ》ねました。ただ、戸浦なんとかという女性に自分の愛人になるなら、出資法の上限年利までは引き下げてやってもいいと真顔《まがお》で言ってましたよ」

「卑劣《ひれつ》な男ね。最低だわっ」

かたわらで、奈穂が憤《いきどお》った。半沢は奈穂をなだめ、マスターに顔を向けた。

「相手は、どんな反応を見せたんです？」

「自分には好きな男性がいると硬い声で言ってました。福山さんは女好きだったからなあ。借金の利払いもできなくなった女性客を次々にホテルに連れ込んでたみたいですよ」

「女の弱みにつけ込む野郎は、下《げ》の下《げ》だな。そんな男のために犯人捜しをすることがばかばかしく思えてきたよ。もちろん、腹も立つ」

「そうでしょうね。福山さんは相手が自分の言いなりにならなかったので、急に不機嫌な表情になりました。それだからか、相手の女性は自分のアイスコーヒーの代金を卓上に置いて、先にそそくさと店を出ていきました。多分、五時二十五分ごろだったと思います」

「福山は何時ごろまで、この店にいたの？」

「五時四十分ごろにお帰りになりました。その少し前に福山さんのスマホが鳴ったんですよ。電話をかけてきた相手が『ピースファイナンス』の客かどうかわかりませんが、福山さんはかなり高圧的な口調で喋ってました」

「なら、会社の客だったのかもしれないな」

「そうなんでしょうか」

「福山がこちらで『ピースファイナンス』の客と言い争ってたことは？」

「そういうことは一度もありませんでした。ですが、先々月の下旬、ボランティアで消費者金融の被害者たちの過払《かばら》い金の返還を求めた四十絡《がら》みの男には凄《すご》んでましたよ。よく知りませんが、利息制限法の法定上限を超える利息は、いわゆる過払い金と呼ばれ、貸金業者は無条件で客に返さなければならないらしいんです」

「ええ、その通りですね。返還に応じない業者は、金融庁から業務停止処分を受けるんです。しかし、抜け道もありますよ。悪質な業者は事務手数料とか保証保険料という名目で、過払い金を返さないいんだ」

「汚いな」

「そうだね。ボランティア活動で他人の過払い金の返還を求めた熱血弁護士が街金業者に雇われた荒っぽい男たちに木刀やゴルフのクラブで撲殺《ぼくさつ》されたケースもあるんですよ」

「そうですか」

「そんな危険な目に遭《あ》うかもしれないのに、正義感の強い弁護士、司法書士、公認会計士なんかが無償で消費者金融やサラ金の被害者を救済するために奮闘してる。見上げたもんですよ。ところで、福山に凄まれてた相手は弁護士だったのかな?」

「いいえ、司法書士のようでした。その方は返還する気がないんだったら、訴訟も辞さないと言い放って席を立ちました。それきり、その彼は一度も姿を見せてません」

「そう。福山が地元の組《くみ》関係者と揉めたなんてことは?」

「そういうことはなかったと思いますよ」

マスターが言った。

町田市の中心部を昔から仕切っているのはテキ屋系の組織だが、別の広域暴力団の下部団体も組事務所を構えている。それぞれが縄張りをきっちりと分け合っていた。そのため、組同士の抗争は少ない。

署の捜査資料によると、殺された福山は首都圏最大組織の理事を後ろ楯《だて》にし、地元のやくざとも上手につき合っているようだ。

むろん、すべて組にそれなりの挨拶をしていたのだろう。それだから、福山は高利で金を貸しつけ、荒っぽい取り立てもできたにちがいない。

「ここの支払いは、きれいだった？」

「『ピースファイナンス』の客は泣かせてきたんでしょうけど、飲み喰いの払いはきれいでしたよ。ちょっと長くいたときは、コーヒー一杯で五千円、一万円を置いていきましたから」

「自分で額に汗して手に入れた金じゃないからね。高利で、あこぎに稼いだ金なんだ。そのくらいのことをしても、罰《ばち》は当たらないだろう」

「わたし、正規の代金だけを受け取るべきだったんでしょうか」

「こっちなら、そうするな。金に困ってる人たちから搾《しぼ》り取った金で色をつけてもらっても、心が痛むだけでしょ？」

半沢は厭味を言って、のっそりと立ち上がった。奈穂が倣《なら》う。

二人は『ルル』を出ると、スカイラインに乗り込んだ。

半沢は車を発進させた。原町田五丁目交差点から原町田大通りに入り、近畿ツーリスト町田営業所の横を曲がった。中央通りを百数十メートル進むと、右手に『仙華堂』の袖看板《そでかんばん》が見えてきた。

半沢は覆面パトカーをスカイプラザホテルの脇の路上に駐《と》めた。少し歩いて、奈穂と和菓子屋に入る。

中年女性が店番をしていた。客の姿は見当たらない。

半沢は刑事であることを明かして、相手に話しかけた。

「きょうの午後四時前後に、ここで十二個入りの最中を買った二十代半《なか》ばの女性がいると思うんだが……」

「その方なら、憶《おぼ》えてますよ。代金をお支払いになるとき、レシートではなく、領収証が欲しいとおっしゃったんでね。それも、上様じゃなく、戸浦製作所と書いてくれと言ったんで。二千円にも満たない代金なのに、ずいぶんしっかりした娘さんだと思ったんですよ」

「そうですか」

「そしたらね、そのお客さん、父親の代理で手土産を買ったんだと少し恥ずかしそうに言ったんです」

「そう」

「あの娘さんがどうかしたんですか？」

「いや、たいしたことじゃないんですよ。最中を買った女性は、店の外に誰かを待たせてました？」

「さあ、どうだったかしら？　別のお客さんがいたもので、そこまではわかりませんね」

　相手が申し訳なさそうに言った。半沢は謝意を表し、奈穂とともに『仙華堂』を出た。

「聞き込みは、ここで終わりだ。きみは、もう家に帰れ」

「半沢係長は、これから戸浦亜美に会いに行くんでしょ？　それとも、福山常昌の遺族を訪ねるつもりなんですか」

「戸浦亜美に会ってみようと思ってる」

「わたしも同行させてください。女同士なら、すんなり話してもらえることもあるでしょうから」

「時間、大丈夫なのか？」

「まだ八時前ですよ。深夜になっても別にかまいません」

「やる気満々だね。よし、いいだろう。先にどこかで腹ごしらえしよう」

　半沢は、『ブックオフ』の並びにあるラーメン屋に奈穂を案内した。

二人はカウンターに並んで腰かけ、どちらも冷し中華そばを注文した。

「戸浦亜美が父親のメッキ工場から青酸カリを盗んで、それを最中に混ぜたんでしょうか？」

「人のいる場所では、決して仕事の話はしない。それが、われわれの不文律《ふぶんりつ》だ」

周《まわ》りには客が何人もいた。半沢は焦《あせ》って、空咳《からぜき》をした。

「あっ、まずかったですね」

奈穂が問いかけてきた。

「わかりました。気をつけます」

奈穂がしおらしく言って、コップの水で喉を潤《うるお》した。

「なぞなぞ遊びをしよう。食べられないまんじゅうって、なあんだ？」

「それ、知ってます。答えは、押しくらまんじゅうでしょ？」

「正解！　では、寝るときに必要なのに、いつも邪魔と呼ばれてる物は？」

「あっ、わかりました。パジャマですね？」

「そう！　なかなか優秀だな」

半沢は言って、煙草を深く喫《す》いつけた。そのとき、急に奈穂が笑いだした。

「何がおかしい？」

「大人同士で、こんな会話を交わします？」

「ちょっと変だろうな。おれは何を話題にすればいいのか、わからないんだよ。親子以上に年齢差があるわけだからさ。若い人たちがどんなことに興味を持ってるのか、まるで見当がつかないんだ」

「二十六歳と二十四歳の息子さんがいるじゃありませんか？」

「息子たちとは、まともに喋ったことないんだよ。男同士だと、なんか照れちゃってな。話しても、『暑くなってきたな』程度なんだ。といっても、別に仲が悪いわけじゃない。たまに酒場で父親と息子が一緒に飲んでる姿を見ると、羨《うらや》ましくなる前に、その二人がまるで照れてないことにもびっくりするね」

「そういう父と子は小さいころから接する時間が多かったんだと思います。それだから、お互いに空気のような存在になって、自意識過剰にならないんでしょう」

「こっちは捜査優先で生きてきたから、サラリーマン家庭よりも家族と過ごす時間が少なかった。それで、妙に意識しちゃうのかもしれないな」

半沢は、短くなったセブンスターの火を揉み消した。

そのとき、注文した冷し中華そばが届けられた。二人は、ほぼ同時に割箸《わりばし》を手に取った。

半沢は先に食べ終えた。備え付けの夕刊に目を通しはじめる。ざっと新聞の記事を読んだとき、奈穂が箸を置いた。

半沢は二人分の勘定を手早く払った。先に店を出ると、奈穂が追ってきた。

「係長、奢られるのは困ります。わたしの分、受け取ってください」

「今回だけだ。ケーキをご馳走《ちそう》になったからな。返礼にしては少なすぎるが、ま、勘弁してくれ」

「でも、それでは……」

「高級な鮨屋《すしや》で夕食を奢ったわけじゃないんだから、そんなに恐縮するなよ」

半沢は足早に覆面パトカーに歩み寄り、先に乗り込んだ。すぐに奈穂が助手席に坐った。

半沢はスカイラインを走らせはじめた。『ピースファイナンス』の従業員から、戸浦亜美の自宅の住所は聞いてある。

町田街道に戻り、しばらく直進する。目的の家は忠生《ただお》二丁目にある。戸浦順一の経営するメッキ工場は、相模原市大野台《おおのだい》三丁目にあるらしい。

十数分走ると、忠生一丁目の交差点に差しかかった。

右折し、忠生公園通りに入る。忠生公園の横を抜け、山崎《やまさき》小学校の裏手に回った。

戸浦宅は造作なく見つかった。割に大きな二階家だった。敷地は七十坪前後だろう。

半沢は隣家の生垣《いけがき》にスカイラインを寄せた。

すぐに二人は戸浦宅の前に立った。半沢はインターフォンを鳴らした。

ややあって、若い女性の声が流れてきた。

「どちらさまですか？」

「警察の者です。戸浦亜美さんは、ご在宅でしょうか？」

「わたしが亜美ですが……」

「少しうかがいたいことがあるんですよ。門の前まで出てきていただけます？」

「すぐにまいります」

「よろしく！」

半沢は少し退《さ》がった。門灯で、あたりは明るい。亜美の表情は充分に観察できるだろう。

待つほどもなく、門扉《もんぴ》が開いた。現われた亜美は日本的な美人だった。卵形で、奥《おく》二重《ぶたえ》の目は切れ長だ。鼻筋が通り、口は小さい。

半沢は名乗って、奈穂は部下だと告げた。

「ご用件は？」

亜美が不安顔で問いかけた。

「だしぬけですが、今夕《こんゆう》、『ピースファイナンス』の福山常昌社長が殺害されたことはもうご存じでしょ？」

「はい、テレビのニュースで事件のことは知りました」

「福山とは面識がありましたね？」

半沢は矢継《やつ》ぎ早に訊いた。

「ええ。父の弟が『ピースファイナンス』から、お店の運転資金を借りたものですから」

「登戸で玩具店を経営されていた叔父さんは高利で借金が千二百万円にも膨れ上がって、利払いも滞《とどこお》らせるようになったようですね」

「よくご存じですね。ええ、その通りです。叔父は昼夜を問わない厳しい取り立てに怯《おび》え、うつ病になってしまったんです。それで、叔父の戸浦栄次《えいじ》は妻の葉子《ようこ》と入水心中を図ったんですよ。『ピースファイナンス』に殺されたようなものです。悪質な金融業者は警察が取り締まってくれないと、同じような悲劇が繰り返されると思います」

「おっしゃる通りですね。それはそうと、叔父さんの借金をあなたのお父さんが肩代わりさせられたとか？」

「ええ、父が連帯保証人になっていたものですから。叔父の借金をわたしの父が肩代わりすることは仕方ないのですが、金利がめちゃくちゃ高過ぎます」

「こちらの調べによると、出資法の上限年利の倍近いようですね？」

「そうなんですよ。父はメッキ工場を経営してるのですが、五人の工員さんの給料と経費を差し引いたら、かつかつの生活しかできない状態なんです。それで父とわたしが福山社長に再三にわたって、金利の引き下げをお願いしたのですけど……」

「受け入れてもらえなかった？」

「ええ、そうです。あの男には、血も涙もなかったんだと思います。法外な高利を払いつづけたら、今度は父が借金地獄に陥《おちい》って、そう遠くない日に自己破産しなければならなくなったはずです」

「あなたはＯＬをなさってるとか？」

「はい。準大手の『東光《とうこう》食品』というレトルトメーカーの経理部で働いてるんですけど、月給は手取りで二十万円弱なんです。わたしはひとりっ子ですし、母は専業主婦ですから、叔父の借金の利払いがやっとで、元本はまったく減っていません」

亜美は喋っているうちに、涙声になっていた。

「それは大変だな。ところで、きょうの午後五時ごろ、『ルル』という喫茶店で福山に会いましたね」

「えっ⁉」

「正直に答えてください」

半沢は、亜美の顔を見据《みす》えた。亜美がたじろいだように伏し目になった。

「はい、会いました。無駄かもしれないと思いながら、もう一度、福山社長に金利を引き下げてくれるよう頼もうと思ったのです。しかし、あの男は侮辱《ぶじょく》的なことを言ったんです」

「自分の愛人になれば、金利を引き下げてもいいと言ったんだろうな」

「そこまで知ってらっしゃるんですか⁉」

「ええ、まあ」

「福山の言葉は信用できません。あの男は金利を大幅に下げるからと嘘をついて、わたしを横浜の料理旅館に誘って……」

「体を穢《けが》されてしまったんですか？」

「いいえ。部屋から逃げ出したので、そういうことは避けられました」

「福山をなんとかしなければ、一家は不幸のどん底に突き落とされるかもしれない。そう考えてしまうだろうな」

「そういうことは思いましたね、正直に言って。父も同じことを考えたことはあると思います」

「でしょうね。それはそれとして、あなたは『ルル』に行く前に町田駅前の中央通りの和菓子屋『仙華堂』で最中を十二個買った。そして、戸浦製作所宛《あて》の領収証を貰《もら》ってる」

「ええ。それがどうしたと言うんでしょう？」

「テレビニュースでは報じられなかったんですかね。福山は毒入り最中を喰って、事務所で死んだんですよ。まだ司法解剖前ですが、おそらく毒物は青酸カリだったんでしょう。劇薬の青酸カリは一般には入手不可能ですが、メッキ工場なんかではよく使われてます」

「刑事さんは、わたしが福山常昌を毒殺したと疑ってるんですね。心外です」

「『ルル』のマスターの証言によると、あなたはハンドバッグのほかには何も持ってなかったらしいね。しかし、店の外で『仙華堂』の最中を福山社長に手渡した可能性もなくはない」

「最中を福山にあげるつもりで買ったことは確かです。少しでも金利を下げてほしかったから、父と相談して手土産を携《たずさ》えて行くことにしたのです。でも、『仙華堂』を出て間もなく、ゴリラのゴムマスクを被った男に紙の手提げ袋ごと最中の入った箱をそっくり奪われてしまったんです」

「その話は事実なんだね？」

「もちろん、事実です。逃げた男の動きから察すると、そう若くはないと思います。四十歳前後でしょう」

「誰か思い当たる人物はいます？」

　奈穂が話に割り込んだ。

「いいえ、いません。最中を横奪《よこど》りした男はわたしの犯行と見せかけて、毒を盛ったんじゃないのかしら？」

「そうだとしたら、その男は福山社長に何か恨みを持ってたんでしょう」

「ええ、多分ね。高利で苦しめられた客なんではないでしょうか？」

「それ、考えられますね」

「わたしが人殺しなんかできる女じゃないことは、町田署にいる森刑事がよく知ってるはずです」

「森刑事って、うちの強行犯係の森正宗のこと？」

半沢は奈穂を手で制し、亜美に早口で訊いた。

「ええ、そうです。正宗ちゃんの実家は十数軒先にあるんです。彼、いまは中町《なかまち》一丁目のアパートで独り暮らしをしてますけど、わたしたちは幼馴染《おさななじ》みなんですよ。正宗ちゃんのほうが二つ年上ですけど、子供のころはいつも一緒に遊んでました」

「そいつは奇遇《きぐう》だな」

「正宗ちゃん、いいえ、森刑事には何もかも話してもかまいませんから、わたしがどういう人間かよく聞いてください。失礼します」

亜美が強張《こわば》った顔で言い、家の中に引っ込んでしまった。

半沢は首を竦《すく》め、奈穂の背を軽く押した。

4

　朝のミーティングがはじまった。

　奈穂は末席に連《つら》なっていた。刑事課フロアの隅にある会議室だ。

　奈穂を含めて七人のメンバーは、半沢係長に視線を注《そそ》いだ。午前十時を回ったばかりだった。半沢がホワイトボードに文字を書きつつ、昨夕《さくゆう》に発生した高利貸し殺害事件の経過を報告した。

「『ピースファイナンス』の福山社長が青酸カリ入りの最中を喰って死んだとすれば、その戸浦亜美というＯＬが怪しいですね」

　空豆を連想させる顔立ちの今井が言った。

「まだ司法解剖の結果が出てないんだから、そう結論を急ぐな」

「しかし、亜美の父親の戸浦順一はメッキ工場の経営者なんでしょ？」

「ああ、そうだ」

「それだったら、亜美が最中に青酸カリを盛ったんじゃないんですか。メッキ工場では、必ず青酸化合物が使われてますからね。逆に言えば、一般市民がその種の毒物を入手することはできません」

「今井の推測通りだとしたら、戸浦亜美がゴムマスクを被った中年男に『仙華堂』の最中を奪われたという話は……」

「ええ、苦し紛《まぎ》れの作り話でしょうね」

「待ってくださいよ、今井さん！」

森刑事が怒気《どき》を含んだ声を発した。

「おれの勘が外れてるというのかっ」

「そこまでは言いませんが、まだ容疑者を絞り込む段階ではないでしょう？　司法解剖も終わったわけじゃないし、鑑識の結果も出てないんですから」

「それはそうだが、おれは現場捜査を十年以上やってきたんだ。だから、それなりの勘が働くんだよ」

「別に科学捜査一辺倒ではありませんが、捜査の初期段階で勘に頼るのはちょっと問題なんじゃないのかな」

「おまえ、おれに喧嘩《けんか》売ってんの？」

今井が気色《けしき》ばんだ。

すると、森が腰を浮かせかけた。隣席にいる堀切が慌《あわ》てて森を押し留《とど》めた。

森刑事は、幼馴染みの戸浦亜美から半沢係長と自分が彼女の自宅を訪ねたことを電話かメールで教えられたにちがいない。

奈穂は確信を深めた。

古典落語をこよなく愛している森は、いつも温厚だった。刑事実習中、彼が怒った姿を見たことがない。他人に気を遣うタイプで、ふだんは自分の意見を強く主張することは少なかった。

「戸浦亜美は、森の幼馴染みなんだよ」

半沢が今井に言った。

「そうだったんですか」

「亜美には、人殺しなんかできませんよ。子供のころ、おれが芋虫《いもむし》を踏み潰《つぶ》したら、彼女は怒って三日も口を利いてくれなかったんです。そんな気の優しい娘《こ》が福山を毒殺するわけないでしょ！」

森の語尾に、今井の言葉が被さった。

「甘っちょろいことを言うな。周囲の人たちには仏のような善人と言われてた男が連続殺人鬼だったケースもある。殺人犯の多くは、平凡な市民なんだよ」

「それぐらい知ってますっ。だからって、亜美を犯人扱いすることはないでしょうが！」

「森、捜査に私情を挟むのはよくないぞ」

「別に私情なんか挟んでませんよ。子供のころから亜美の人柄をよく知ってるんで、彼女はきのうの事件《ヤマ》には関与してないと思っただけです」

「森、昨晩、おれと伊織巡査が忠生の戸浦宅を訪ねたことを幼馴染みの彼女から聞いたんだな？」

半沢が訊いた。

「ええ、電話で話は聞きました。彼女、疑われてるようで不愉快だと言ってました。親方、ちょっと功を急ぎすぎてるんではありませんか。まだ状況証拠しかないんですから」

「言い訳に聞こえるかもしれないが、おれは戸浦亜美を被疑者扱いしたわけじゃない。父親がメッキ工場の主《あるじ》なら、青酸化合物を入手する可能性があると言ったまでだ」

「そうなんですよ」

奈穂は無意識に口を添えてしまった。森が鋭い眼差《まなざ》しを向けてくる。奈穂は目を逸《そ》らさなかった。

「二人とも冷静になれ」

半沢がそう言い、森刑事を見据えた。

「戸浦亜美の父親が実弟の借金を肩代わりすることになったという話も聞いたのか？」

「ええ、何もかも亜美から聞きました。べらぼうな年利を二十パーセント以下に下げてほしいと父と娘が代わる代わる福山に頼んだこともね」

「そうか。きのうの午後五時ごろ、彼女が喫茶店で福山と会ったことも聞いたんだな？」

「はい。愛人になれば、金利を下げてやってもいいと言われたと……」

「彼女は、おれにもそう語った」

「親方、亜美はシロですよ。ゴリラのゴムマスクを被ってた男が最中《もなか》をかっぱらって、毒を盛ったんでしょう。そいつは、戸浦父娘《おやこ》が肩代わり返済で頭を抱えてるのを知って、濡衣を着せる気になったんだと思います。『ピースファイナンス』の債務者リストから、厳しい取り立てを受けてた客を割り出せば、犯人はわかるはずです」

「もちろん、それはやるさ。ただな、青酸化合物はたやすく入手できる代物《しろもの》じゃない」

「親方は、まだ亜美を疑ってるんですね。先入観は捨ててほしいな。捜査員の先入観や偏見が誤認逮捕に繋《つな》がるんです」

「おい、言葉を慎《つつし》め！」

黙って聞いていた草刈が、森を怒鳴《どな》りつけた。森は何か反論しかけたが、口を噤《つぐ》んだ。

会議室に重苦しい空気が流れた。

それから間もなく、ドアがノックされた。すぐに小杉課長が入ってきた。

「杏林大《きょうりんだい》の法医学教室から解剖所見のファクスが届いたんですね？」

半沢が先に口を開いた。かつて二十三区内で発生した殺人事件の司法解剖は慶応大か東大で行われていたが、いまは東京都監察医務院が担《にな》っている。都下の場合は、慈《じ》恵《けい》会医科大学か杏林大学の法医学教室に委嘱する。

「そうだ。被害者の福山常昌の胃から、およそ〇・二グラムの青酸カリが検出された。死亡推定時刻は、きのうの午後六時二十五分から同四十分の間とされた。なお、鑑識からの報告によると、犯行現場にあった他《た》の最中四個からも、それぞれ約〇・二グラムの青酸カリが検出されたらしい。つまり、毒殺犯は最低一グラムの青酸カリを用意してたことになるわけだ」

「そうですね」

「追って鳩山署長から伝達があるだろうが、きょうの午後に捜査本部が設置されることになった。本庁捜査一課から、十二人の刑事がうちの署に出張《でば》ってくるそうだ」

「所轄署だけでスピード解決できると思いますがね」

「わたしもそう思ってたんだが、殺人事件だから、捜査本部《チョウバ》を立てざるを得なかったんだろう。それにしても、十二人も投入するとは思わなかったよ。殺されたのは、忌み嫌われてた高利貸しだったんだ。マスコミに税金の無駄遣いと揶揄《やゆ》されそうだな」

「そうですね」

「例によって、本庁の旦那《だんな》方はお株を取りたがるだろうが、半沢警部補、所轄署の意地を見せてほしいな」

「もちろん、全力を尽《つ》くします」

「みんなもよろしく！」

小杉課長が大声で言って、会議室から出ていった。

「聞いた通りだ。本庁捜一《そういち》の面々は鼻っ柱が強いが、なるべくぶつからないようにしてくれ。もちろん桜田門の連中に主導権を渡すのは面白くないが、あまり勝ち負けに拘《こだわ》らないでほしい。一日も早く犯人を検挙《アゲ》ることが何よりも肝心なんだから」

半沢が言って、七人の部下の顔を順ぐりに見た。

「わたしは、いつものように中継役として署内にいたほうがいいんですね」

今井が言った。

「そうしてもらおうか。草刈は伊織とペアを組んで、大野台の戸浦製作所に行ってくれ。戸浦順一から事情聴取をして、青酸カリの残量も……」

「わかりました」

草刈が応じた。そのすぐ後、森刑事が立ち上がった。

「親方は、まだ亜美のことを疑ってるんだな」

「すべてを疑ってみることが捜査の基本じゃないか」

「それはそうですが……」

「森、坐れ！」

草刈が喚《わめ》いた。森が渋々、椅子に腰を戻す。何か言いたげな表情だった。

森の気持ちはわからなくはないが、まだ彼の幼馴染みを捜査対象から外すわけにもいかないだろう。

奈穂は心の中で思った。

「森と宇野《うの》は『ピースファイナンス』の大口債務者を洗い出してくれ。それから、福山の交友関係も探《さぐ》ってもらいたい」

半沢が指示を与えた。すぐに宇野はうなずいたが、森はむっつりと押し黙ったままだった。

半沢が苦笑し、堀切と村尾には被害者の遺族に接触しろと命じた。

それで、打ち合わせは終わった。奈穂は草刈と一緒に会議室を出て、一階に下《くだ》った。交通課の脇を抜け、署の裏の駐車場に向かう。表玄関側にある駐車場は来客用だった。

やがて、二人はオフブラックのスカイラインに乗り込んだ。運転席には、草刈が坐った。奈穂は助手席に腰かけた。

「捜査本部事件が難航すると、半月も署に泊まり込みになるんだよな。こっちは結婚して二年そこそこだから、なんか辛いよ」

「まだラブラブなんですね？」

「うん、まあ。泊まり込みとなったら、伊織には仮眠室が与えられると思うよ。しかし、野郎の多くは柔道の道場で雑魚寝《ざこね》させられるんだ」

「当直室があるでしょ？」

「自宅や官舎の遠い捜一の連中が当直室を使うんだよ。一応、彼らは客分だからな。道場で雑魚寝させるわけにはいかない」

「それはそうでしょうね」

「所轄刑事は何かと苦労が多いんだ。本社の捜一の連中はどこでも大事にされてるが、こっちは支社の人間だからな。けど、おれは所轄刑事であることに誇りを持ってる。殺人以外の事件では、おれたちが主役だからな。さて、行くか」

　草刈が覆面パトカーを走らせはじめた。

　旭町交差点を右折し、町田街道を八王子方面に向かう。木曽中原《きそなかはら》交差点を左折し、JR古淵《こぶち》駅方向に進んだ。『イオン』と『イトーヨーカドー』の間を抜けると、国道十六号線にぶつかった。草刈が車を右折させてから、話しかけてきた。

「おれの勘だと、森は戸浦亜美って幼馴染みに惚《ほ》れてるな」

「初恋の相手なのかもしれませんね。そうだとしたら、森先輩は彼女とファーストキスをしたんじゃないかしら？　わたしも小二のとき、ふざけて近所の男の子と唇をくっつけ合ったんです」

「ませてやがるな。それがきっかけで、しょっちゅうキスするようになったんじゃないのか？」

「一回きりですよ。でも、一つ年上の幼馴染みの男の子が初恋の相手だったんです」

「いまも、そいつのこと、好きなのか?」

「残念ながら、その男の子、三、四年後に名古屋に引っ越しちゃったんですよ。だから、自然に忘れてしまいました」

「そうか」

「彼が引っ越さなかったら、ずっと好意を懐《いだ》いてたかもしれませんね。腕白だったけど、女の子にはとても優しかったんですよ。それに、すごくシャイだったの。わたし、年下のくせに、なんだか母性本能をくすぐられちゃいまして……」

「ふうん。森が亜美って女にいまも惚れてるんだったら、捜査妨害する可能性もあるな」

「まさか⁉」

「いや、考えられるよ。あいつは、こと女に関しては擦《す》れてないからな。小さいころからよく知ってる相手の言葉なら、全面的に信じるだろう」

「そうですかね」

「女と違って、男は大人になっても初心《うぶ》な面があるんだよ。いったん信じた相手は、とことん信じてしまうんだ。これは一般論だが、女よりも男のほうが純粋なんじゃないのかな」

「そうなのかもしれませんが、それを認めたくないですね。性別に関係なく、ピュアな人はピュアでしょ？」

「ま、そうだが……」

「森先輩は幼馴染みを庇いつづけるでしょうけど、捜査の邪魔をすることはないと思います」

奈穂は言った。草刈が曖昧《あいまい》な返事をして、運転に専念した。

覆面パトカーは大野台二丁目交差点を左に折れた。戸浦製作所は、凸版印刷工場の斜め裏にあった。工場、運輸会社、住宅が混然と建ち並んでいる地区の一角だ。

工場は古めかしかった。手前に事務室が見える。

奈穂たちは覆面パトカーを降り、事務室を覗《のぞ》いた。六十年配の男が肌色のスチールデスクに図面を拡げ、中腰で目を落としていた。

「町田署刑事課の者ですが、経営者の戸浦順一さんでしょうか？」

草刈が男に問いかけた。

「そうだが、わたしは何も悪いことはしてませんよ」

「ええ、わかっています。きのうの夕方六時過ぎに『ピースファイナンス』の福山社長が毒殺された事件を知ってますでしょ？」

「ああ、知ってるよ。その事件のことは、きょうの朝刊に載ってたからな」

「こちらの調べで、あなたが亡くなられた弟の栄次さんの借金を肩代わりして、『ピースファイナンス』に返済中だったことがわかったんですよ」

「弟は厳しい取り立てに悩まされて、心のバランスを崩してしまったんだ。それで妻の葉子を道連れにして、心中したんだよ。こっちが連帯保証人だったので、栄次の代わりにせっせと返済してるんだ。といっても、とんでもない高利なんで、月々、利息の一部を払ってるだけだよ」

「あなたは、娘の亜美さんと交互に福山に金利を引き下げてほしいと何度も頼んだようですね？」

「ああ、その通りだよ。だが、欲深な福山の奴は取りつく島もなかった。弟の借りた金に利息を乗っけて早く返済しないと、この工場を乗っ取るぞと凄む始末だった。ここは貸工場だから、機械しか換金しようがないんだが、本気でそうする気でいたみたいだな」

「それだけじゃないんでしょうね」

「え？」

戸浦が訊き返した。

「娘さんはきのうの夕方、『ルル』という喫茶店で福山に侮辱的な言葉を吐かれたんでしょ？　自分の愛人になれば、金利を低くしてやってもいいとか何とか」

「亜美はわたしには何も言わなかったが、母親にはそのようなことを洩らしたようだな」

「娘さんは福山に横浜の料理旅館に誘い出されて、淫《みだ》らなことをされかけたんでしょ?」

「その話も家内から聞いたよ。あんまり腹が立ったんで、わたしは福山を殺してやろうと思った。もちろん、思っただけだがね」

「福山は青酸カリを盛られた最中を喰って死んだんですよ」

「新聞には毒殺された疑いがあると書かれていただけだったがな」

「まだ司法解剖前でしたからね。福山の胃から、〇・二グラムの青酸カリが検出されたんですよ。それから、残りの最中のうち四個からも各〇・二グラムの青酸カリが混ぜられてたそうです」

「何が言いたいんだっ」

「単なる偶然なのかもしれませんが、亜美さんは福山と会う前に町田の中央通りにある和菓子屋で、最中を十二個買ってるんですよ」

「ああ、『仙華堂』の最中ね。それは、わたしが娘に買わせたんだ。金利の引き下げを頼みに行くわけだから、手ぶらじゃまずいと思ったんだよ」

「ご存じでしたか」

「知ってたとも。『仙華堂』の領収証も昨夜、亜美から貰った。しかし、最中を買って間もなく、ゴリラのゴムマスクを被った男に引ったくられたらしい。それで結局、福山とは手ぶらで会ったと言ってたな」

「そうですか。こちらはメッキ工場だから、青酸カリを常備してますよね？」

「亜美が福山に毒を盛ったと疑ってるのかっ。冗談も休み休みに言ってくれ」

「念のため、残量を教えてもらえますか」

「五十五グラムのはずだ」

「保管場所はどこなんです？」

「机の最上段の引き出しの中だよ。鍵《かぎ》付きの引き出しなんだ。鍵は、いつもわたしが持ち歩いてる。危険な毒物だからな」

「娘さんを疑ってるわけではありませんが、われわれの目の前で保管中の青酸カリを量《はか》ってもらえます？」

草刈が頼んだ。戸浦が眉根《まゆね》を寄せた。

「何か都合《つごう》の悪いことでもあるんですか？」

「そんなものはないっ」

「だったら、量ってみてくださいよ」

「わかった。それで、娘の疑いは晴れるだろうからな」

戸浦はスラックスのポケットからキーホルダーを摑み出し、机の最上段の引き出しのロックを解除した。無色の粉の入ったガラス容器を取り出し、小さな秤《はかり》に載せる。

「容器の重さは、ちょうど二百グラムだ。だから、二百五十五グラムになるはずだよ」

「そうですか」

草刈が目盛りを覗き込んだ。奈穂もメーターを見た。目盛りは二百五十四グラムを指していた。

「な、何かの間違いだ。一昨日《おととい》の夕方まで、中身は五十五グラムあったんだよ」

戸浦が狼狽《ろうばい》気味に言った。奈穂は草刈が喋る前に口を開いた。

「それから、一度も量ってないんですね？」

「鍵付きの引き出しに保管してあったし、青酸カリの出し入れはわたし以外の者にはさせてなかったんで、毎日は残量のチェックはしてなかったんだよ」

「引き出しの鍵を戸浦さんが持ち歩いてたことをご存じだったのは？」

「五人の従業員、それから妻と娘は知ってたはずだ。一グラム減ってるが、亜美が無断で持ち出したわけはない」

「一応、引き出しの鍵を二、三時間お借りしたいんですがね？」

草刈が上着のポケットから格子柄のハンカチを取り出し、左の掌《てのひら》の上で拡《ひろ》げた。

「拒絶したら、どうなるんだ？」

「別にどうってことはありませんよ。ただ、われわれは亜美さんを本格的にマークすることになるでしょうね。自宅や職場に張り込んで、絶《た》えず尾行することに……」

「そんなことはやめてくれ」

戸浦が悲痛な声で言い、キーホルダーから引き出しの鍵《キー》を外した。その指先は小さく震えていた。

鍵に戸浦亜美の指紋が付着していないことを祈りたい。

奈穂は居《い》たたまれなくなって、先に事務室を出た。

第二章　盗まれた毒物

1

署長室のドアをノックする。

すぐに室内から応答があった。半沢は署長室に入った。

窓側に両袖机《りょうそでづくえ》が置かれ、ほぼ中央に総革張りの黒いソファセットが据《す》えられている。署長の鳩山範男《のりお》は執務机に向かって、何か書類に目を通していた。制服姿だ。

半沢は署長に勧《すす》められて、ソファに腰を落とした。

午後三時過ぎだった。鳩山署長が向かい合う位置に坐った。

「間もなく本庁の連中が現われるだろうが、今回もやりにくくなると思う。過去七件の殺人事件を解決に導《みちび》いたのは、うちの強行犯係だったからね」

「たまたま運がよかったんですよ、われわれは」

「一《いち》やんは、いつも謙虚《けんきょ》だね。わたしも少し見習わないとな」

「何をおっしゃいます」

半沢は笑顔で言った。鳩山は一《はじめ》を〝いち〟と別読みして、親しみを込めて一《いち》やんと呼ぶ。そう呼びかけられるたびに、半沢はなんとなく嬉《うれ》しくなる。

少し年上の署長を尊敬しているからかもしれない。鳩山は警察官僚《キャリア》だが、まったく厭味《いやみ》なところはなかった。

警察官僚の多くは利己的で、権力欲が強い。上昇志向が強い分だけ、考え方は保守的だ。保身本能の塊《かたまり》と言っても過言ではないのではないか。力のある上司が黒いものを白くしても、異を唱《とな》えるキャリアはいないだろう。

しかし、鳩山はたとえ自分が不利になっても、上役におもねるような真似《まね》はしない。常に一本筋が通っている。

そうした気骨のある生き方をしているからこそ、離婚歴のある女性と大恋愛をし、迷うことなく妻に迎えたのだろう。キャリアにとって、それは大きな失点になる。少しでも難のある相手と結婚したら、必ず出世の妨《さまた》げになるからだ。

ノンキャリア組でさえ、恋愛には慎重になる。相手はもちろん、その三親等までの職業、思想、犯歴の有無《うむ》に拘《こだわ》る。これまで離婚歴のある女性と結婚した警察官僚はひとりもいないはずだ。

だが、鳩山署長は敢然と不文律《ふぶんりつ》を破った。半沢は、そうした骨のある男が好きだった。署長はあくまでも自然体で生きている。

　少しも偉ぶらないのは、人間は五十歩百歩だということを認識しているからだろう。人間的に優《すぐ》れた者は、決して他人を見下《みくだ》したりしない。他者を軽く見る者は、虚勢を張ることで自分を支《ささ》えている二流の人間だ。

「捜一《そういち》のメンバーが例によって所轄の人間を顎《あご》で使いたがるだろうが、卑屈《ひくつ》になる必要はないからな。一やんの捜査方針を貫《つらぬ》き通してもかまわないんだ」

「そうさせてもらいます」

「本庁の捜査員が何か無理難題を吹っかけてきたら、遠慮なく言ってくれ」

「はい。とても心強いお言葉です」

「話は違うが、きょうから伊織巡査が一やんの下で働きはじめたんだね？」

「ええ」

「彼女の異動のことなんだが、別に警察庁の緒方警視から圧力があったわけじゃないんだよ。ある会合で顔を合わせたとき、緒方氏から姪《めい》が一やんの下で働きたがってるという話を聞いたことは聞いたんだがね。伊織巡査は府中署で大手柄を立てたんで、早くも刑事に昇任されたんだよ。狡《ずる》い手を使ったわけじゃないんだ。伊織巡査の刑事実習が終わってから一年ちょっと、一やんは妙に元気がなくなってしまった」

「えっ、そうですか⁉　自分では、いつも通りに職務をこなしてきたつもりですがね」

「いや、明らかにつまらなそうだったよ。一やんは、うちの署の主力選手なんだ。なんとか以前のような元気を取り戻してもらいたいな」

「てっきり伊織が母方の叔父の力を借りて、府中署から町田署に移ってきたと思ってましたが……」

「彼女は、それほどの策士《さくし》じゃないよ」

「署長のお話をうかがって、すっきりとしました。小娘が妙な手を使って町田署に来たんだったら、失望しちゃいますからね」

「伊織巡査はアンフェアなことなんかできる娘《こ》じゃないよ。それにしても、彼女がいなくなったら、一やんは張りを失ったように見えたぞ。まるで手塩にかけて育てた娘を嫁《とつ》がせた父親みたいな感じだったな」

「そんなにしょんぼりとしてました？」

「ああ。なんだか痛々しい感じだったよ」

鳩山が言った。

「そうですか」

「また話が飛ぶが、『ピースファイナンス』の福山社長を殺《や》った犯人の見当はついてるのかな？」

「まだ、そこまでは……」

「そう。できれば一日も早く捜査本部を解散させてほしいね。ここで本社の奴らにうろつかれると、なんとなく目障《めざわ》りだからな」

「事件のスピード解決をめざします」

半沢は言って、ソファから腰を浮かせた。署長室を出ると、前方から本庁捜査一課の志賀《しが》太《ふとし》警部がやってきた。

「おや、きょうは警部おひとりなんですね。いつもは、月岡文博《つきおかふみひろ》警部補がご一緒でしょ？」

「月岡は腹を壊して、トイレで唸《うな》ってる。どうも昼食の出前弁当のポークソテーによく火が通ってなかったらしいんだ。弁当屋はプロパンガスをケチったんだろうか？」

「町田市は神奈川県と隣接していますが、ど田舎じゃありません。市街地や住宅街は、どこも都市ガスですよ。民家の少ない地域は、まだプロパンガスを使ってるようですが……」

「それは不勉強だったよ。それはそうと、今回は本社に花を持たせてほしいな。わざわざ捜一の人間が何十人も出張《でば》ってきてるのに、ずっと支社にお株を取られちゃってるからね。これじゃ、こっちの面子《メンツ》が立たない」

「本格的な合同捜査に入ったら、本社と支社の人間がペアを組んで地取りをやってるでしょ？　所轄の人間がこそこそ情報を交換し合って、先に容疑者を逮捕《パク》ってるわけじゃありませんよ」

「しかし、おたくらは本社にライバル意識を燃やしてるからな。それは必ずしも悪いことではないんだが、たまにはこっちに手柄を立てさせてもらわないとね。所轄の署長が一応、捜査本部の副本部長ってことになってるが、実際に指揮を執《と》ってるのは本庁捜一の管理官なんだから」

志賀が挑発するように言った。

「本社、支社と拘《こだわ》るのはナンセンスですよ。双方が協力し合って、犯人を追いつめればいいんじゃないのかな」

「そういう優等生っぽい発言は好きじゃないね。仲良しクラブじゃないんだからさ。とにかく、所轄は少し手を抜いてよ。本社の者とペアで聞き込みに出ても、さりげなく支社の捜査員は煙草や缶ジュースを買いに行くとかね」

「われわれがそこまで桜田門に気を遣《つか》う必要はないでしょ？　こっちは支社勤めだが、会社は同じなんですから。妙な縄張り意識があるから、未解決事件の件数が年々、増えてるんですよ」

「わたしを悪者扱いするわけかっ」

「そうは言ってませんよ。われわれは都民の税金で喰《く》わせてもらってるんです。せいぜい協力し合って、捜査日数を少しでも減らしましょう」

半沢は言って、階段の降り口に足を向けた。

背後で、志賀が聞こえよがしに舌打ちした。しかし、半沢は取り合わなかった。

二階の刑事課フロアに戻ると、今井が自席を離れて歩み寄ってきた。

「少し前に堀切から連絡があって、横浜市青葉区青葉台にある福山の自宅で、未亡人の千春《ちはる》の事情聴取を終えたそうです」

「それで、収穫は？」

「被害者《マルガイ》には、三年越しの仲の愛人がいたそうです。山路彩香《やまじあやか》という名で、元レースクイーンだったとか。二十五歳だったかな」

「その愛人と故人は何かでトラブってたのか？」

「未亡人の話だと、福山は彩香に飽《あ》きたらしく、別れる気だったらしいんです。現に被害者は彩香に丸三カ月も手当を払ってなかったし、三軒茶屋のマンションにも通ってなかったというんです。で、その愛人は半月ほど前に福山の自宅に乗り込んで、千五百万の手切れ金を払えと騒ぎだしたそうなんですよ」

「福山は妻の手前、彩香を家から叩《たた》き出さざるを得なかったんだな？」

「ええ、そうなんでしょうね。それで彩香は頭にきたようで、数日後に農薬入りの肉まんを福山邸の庭に投げ込んで、飼い犬のチワワを死なせてしまったらしいんですよ」

「堀切と村尾は、その山路彩香の自宅マンションに向かったんだな？」

半沢は確かめた。

「ええ。彩香が福山の家の飼い犬を死なせたことが何か引っかかりますね。その愛人が手切れ金も出し渋ってた福山に腹を立てて、ゴムマスクの男に戸浦亜美が買った最中《もなか》を強奪させ、青酸カリを盛らせたとも……」

「可能性はゼロではないが、若い女がそこまでやるだろうか」

「彩香は二十二歳のときから、福山に囲われてたことになります。いわば旬《しゅん》の三年間をパトロンに縛《しば》られてたわけですから、毎月五、六十万円の手当を貰《もら》ってたとしても、それなりの手切れ金を貰わなきゃ割に合わないでしょ？」

「ま、そうだろうな。しかし、その彼女が本気でパトロンに惚《ほ》れてたとは思えない。所詮《しょせん》は、金で繋《つな》がってただけなんだと思うよ」

「ええ、多分ね」

「金が目的で愛人になれるような女は、考え方がドライだと思うんだ。福山から手切れ金をどうしても毟《むし》り取れないとなったら、諦《あきら》めて別のパトロンを探すんじゃないのか」

「そうかもしれませんね」

「殺された福山は、同業者に逆恨《さかうら》みされたりしてなかったんだろうか」

「そういうことはなかったみたいですよ」

「そうか。草刈と伊織が大野台の戸浦製作所から戻って、借りてきた机の引き出しの鍵《かぎ》を鑑識に回したはずだが……」

「自宅から借りてきた戸浦亜美の手鏡の把っ手《とって》からは母親の指紋《モン》しか出なかったとかで、改《あらた》めてよく使ってるハンドバッグを借りに行ったんです」

「そう。亜美の母親は自分の娘が最中に青酸カリを混ぜたかもしれないと考え、とっさに手鏡の把っ手を布で拭《ぬぐ》ったんだろうか」

「かもしれませんね。そんなことをしても無駄なんですが……」

「森と宇野は『ピースファイナンス』の大口債務者たちを調べてるはずなんだが、まだ連絡は入らないのか？」

「はい。そのうち、電話があると思います」

今井がそう言い、自分の席に戻った。

半沢も自席につき、煙草に火を点《つ》けた。課長の小杉は書類にボールペンを走らせていた。

元学習塾講師の宇野巡査部長から連絡が入ったのは数十分後だった。受話器を取ったのは今井だが、内線電話はすぐ半沢に回された。

「ご苦労さん！　大口債務者の中に気になる人物はいるか？」

「ひとりいました。そいつは奈良敦夫《ならあつお》、五十一歳です。神奈川県大和《やまと》市内でメダル製造業をやってます。『ピースファイナンス』には約九百万円の借金があります。奈良はギャンブル好きで、その資金を十万、二十万と借りてるうちに、負債総額が現在高になってしまったようです」

「仕事はどうなんだ?」

「奥さんと息子に手伝ってもらって、自宅で各種のメダルを細々と製造してるみたいですよ。暮らしは楽じゃなさそうですね。実は小一《こ》時間前に奈良の家に行ったんです」

「メッキ加工をしてるんだったら、青酸カリは使ってるな」

「それがですね、奈良のところではプレスで型抜きをしてるだけで、メッキ加工は外注してるらしいんですよ。教えられた同じ市内のメッキ加工業者にも会ってきました」

「奈良の話の裏付《ウラ》けは取れたのか?」

「はい。ただ、そのメッキ加工業者の青酸カリの管理が、すごくずさんだったんですよ。残量をめったに量《はか》ることはないらしいんです」

「それじゃ、発注主が工場に忍び込めば、簡単に青酸カリを盗み出せそうだな」

「ええ、可能でしょうね。ただ、奈良はきのうは一日中、どこにも外出しなかったと言ってるんです。女房と倅《せがれ》もそう言ってましたが、家族は口裏を合わせることができますからね」

「そうだな。奈良は厳しく追い込まれてたのか?」

「そうみたいですよ。多重債務者専門に金を貸し付けてる闇金《やみ》融で金利分を強引に借りさせられたり、奈良は丸二日も廃船の船室に閉じ込められたりしたそうです」

「家族にも被害が及んだんだろうな」

「ええ、そうらしいんですよ。奈良の奥さんはもう五十歳なんですが、福山に独居老人専門のデリバリーヘルスの仕事なら、まだ稼げると言われたようです。二十七歳の息子はポルシェやベンツをかっぱらってくれば、売り捌《さば》く方法を教えてやると言われたみたいだな。それから、片方の腎臓《じんぞう》を売れと脅されたようですね。それで、回収係の従業員は夕食のおかず代まで持っていったと言ってました」

「そこまでやられたんじゃ、奈良という男が福山に殺意を懐《いだ》いても不思議じゃないな」

「ええ、そうですね。奈良の話は嘘《うそ》で、あいつが戸浦亜美が買った最中をかっさらって、『ピースファイナンス』の社長を毒殺したんでしょうか？」

宇野が言った。

「徒労に終わるかもしれないが、少し奈良の動きを探《さぐ》ってみたほうがよさそうだな」

「わかりました。自分ら二人は、奈良に張りつくことにします」

「よろしく頼む。何か動きがあったら、すぐ連絡してくれ」

半沢は電話を切り、今井に奈良のことを話した。

「その程度の借金なら、なんとか返済できるんじゃないのかな。住まいは借りてるんですかね」

「それは確かめなかったが、おそらく自宅兼工場は借りてるんだろうな。持ち家なら、ローンが残ってても売却できる。しかし、借家で生活費にも事欠《か》く状態では、利払いもままならないだろう」

「でしょうね。でも、福山を殺しても、借金が減るわけではありません。奈良が毒殺犯だとしたら、あまりに非情な取り立てに腹を立てたからなんだろうな。奥さんや息子まで屈辱感を味わわされたわけですから、世帯主としては福山を赦《ゆる》せない気持ちになるでしょう?」

「奈良の犯行なら、きっとそうだったにちがいない」

「ええ、そうなんだと思います。福山はあくどいことばかりやってきたから、早死にしたんですよ。家族を除《のぞ》いたら、高利貸しの死を悲しんでる人間はあまりいないんじゃないかな。自分も、気の毒とは思ってません」

今井がそう言って、口を結んだ。

たった一度の人生なのだから、誰も好きな生き方をすべきだろう。とはいっても、他人に迷惑をかけたりすれば、その人間の死を悼《いた》んでくれる者は少ないはずだ。当然の報《むく》いだろう。

福山は金銭的には恵まれたが、精神面では不幸な一生だったのかもしれない。

　半沢は冷めた緑茶を啜《すす》った。湯呑《の》み茶碗《ぢゃわん》を机の上に置いたとき、刑事課の出入口から奈穂が入ってきた。

「借りた引き出しの鍵に戸浦亜美の指紋は付着してたのか？」

「はい。彼女がよく使ってるハンドバッグの留金《とめがね》の指紋と父親から借りてきた鍵に付着してた指紋は、ぴたりと一致しました」

「亜美が父親のキーホルダーから机の引き出しの鍵を抜き取って、それで青酸カリを無断で一グラムほどくすねた疑いが濃くなったな」

「森先輩のことを考えると、わたし、胸が締めつけられます」

「まだ彼の幼馴染《おさななじ》みが福山常昌を毒殺したと決まったわけじゃない」

　半沢は言った。

「そうですけど、限りなくクロに近いわけですよね」

「うん、まあ」

「森先輩がかわいそう……」

　奈穂が力なく呟《つぶや》き、隣席に坐った。

　半沢は頭の中で、懸命に言葉を探した。しかし、適切な言葉は見つからなかった。

　半沢は息を長く吐いた。

2

捜査会議が終わった。

ちょうど午後五時だった。奈穂は緊張感が緩《ゆる》むのを自覚した。

窓側に坐った本庁捜査一課の面々は、どことなく尊大《そんだい》だった。所轄署の刑事を心の中では見下しているのではないか。

ホワイトボードの横の席に腰かけていた小杉課長が立ち上がって、本庁捜査一課の須貝民男《すがいたみお》管理官ににこやかに近づいた。

四十代後半の須貝は、実質的な指揮官だ。そのせいか、なんとなく高慢な印象を与える。

本庁の刑事たちが会議室を出て、隣の捜査本部に移っていった。半沢係長はホワイトボードの前で、本庁の志賀太警部と何か話し込んでいる。

草刈、今井、堀切、村尾の四人がひと塊になって、会議室から消えた。森と宇野は、まだ大和市の奈良の自宅兼工場を張り込み中だった。

数分が経《た》ったころ、半沢係長が奈穂のいる席に近づいてきた。奈穂は立ち上がった。

「会議中、だいぶ緊張してたな」

「はい。本社の人たちとの合同捜査会議に出たのは初めてだったので、かなり……」

「感想はどうだ？」

「大きな声では言えませんけど、本社の方たちはエリート意識が強い感じですね」

「本庁の捜一は花形セクションだからな。どうしても思い上がってしまうんだろう。しかし、それは勘違いってもんだ。本庁も所轄も関係ない。どちらも現場捜査員にすぎないわけだからな。本社の連中は自分らのほうが格が上と思ってるようだが、そいつは思い上がりってもんだ。所轄にも有能な刑事はたくさんいる」

「そうですよね。その証拠に、わたしが研修中に発生した殺人事件を解決に導いたのは半沢係長でした」

「そのことはともかく、各所轄には必ず名刑事がいるもんさ。そういう連中は、本庁捜一の刑事よりもはるかに有能だよ」

「でしょうね」

「ところで、草刈は本庁の志賀警部とペアを組むことになった。警部のご指名なんだよ。先方の狙《ねら》いはわかってる。志賀警部は草刈とペアを組むことによって、所轄の抜け駆けを防ぎたいんだろう」

「競争心、剝《む》き出しですね。それはそうと、わたしはどなたとペアを組めばいいんですか？　今井さんと……」

「いや、今井にはいつも通りに中継役をやってもらう。おれが、そっちと組むよ」

「係長と組めるなんて、とってもラッキーです。草刈先輩も優秀ですけど、やっぱり親方に直《じか》に指導してもらったほうがありがたいわ」

「おれとのペアはイレギュラーだぞ。場合によって、組み合わせを替える。そのほうが勉強になるからな」

「わかりました。それで、わたしたちは戸浦亜美に揺さぶりをかけに行くんですか？」

「その前に、福山の愛人だった山路彩香に会ってみよう」

「係長は、福山が飼ってたチワワを農薬入りの肉まんで死なせたという彼女を怪しんでるんですか？」

「山路彩香がパトロンを毒殺した可能性は薄いだろうが、福山の愛人だったわけだから、寝物語《ねものがたり》でパトロンからプライベートなことをいろいろ聞いてるかもしれないだろう？」

「ええ、そうかもしれませんね」

「いったん二階に戻ろう」

二人は会議室を出て、刑事課フロアに降りた。

半沢が部下たちに手短に指示を与えた。堀切と村尾は被害者宅に張り込んで、仮通夜の弔問客《ちょうもんきゃく》をチェックすることになった。すでに亡骸《なきがら》は福山宅に安置されているはずだ。

ほどなく奈穂は半沢と連れだって刑事課を出た。

スカイラインに乗り込み、世田谷の三軒茶屋に向かう。捜査車輛は鎌倉街道から鶴川街道をたどって、世田谷通りに出た。道なりに進めば、やがて目的地に着く。

山路彩香の自宅マンションを探し当てたのは、およそ一時間後だった。

福山の愛人だった彩香は六階に住んでいた。半沢が六〇二号室のインターフォンを鳴らすと、スピーカーから若い女性の声が響いてきた。

「どなた?」

「警察の者です。殺された福山社長のことで、うかがいたいことがあるんですよ」

「わたし、もうじき出かけなきゃならないのよ。渋谷まで出かけるの」

「お手間は取らせません」

「だけど」

「十分だけで結構です」

半沢が喰い下がった。部屋の主は根負けして、象牙色《ぞうげいろ》のドアを開けた。彩香は派手な顔立ちで、プロポーションがよかった。

奈穂たち二人は玄関の三和土《たたき》に入った。半沢が警察手帳を呈示し、奈穂が自分の部下であることを告げた。

「女刑事さんを実際に見たのは初めてだわ。テレビの二時間ドラマではよく見てるけどね」

「当然、事件のことはご存じでしょ？」

半沢が話の腰を折った。

「ええ、昨夜《ゆうべ》のテレビニュースでね。一瞬、自分の耳を疑っちゃいました。だって、パパは殺されたって死なないような男だったの。わたしに冷たくしたから、罰《ばち》が当ったんだわ」

「部下の聞き込みによると、数カ月前から被害者との仲がぎくしゃくしてたとか？」

「そうなんですよ。わたし、パパの世話になってからは一度も浮気しなかったし、いろんな面で目一杯尽《つ》くしたのよね。なのに、なぜか急に冷たくなって別れようなんて言いだしたの」

「それは、いつのこと？」

「四週間ぐらい前よ」

「別れたがった理由について、福山は何か言ったのかな」

「それは最後まで言わなかったわね。パパはとにかく別れたいの一点張りで、百万の引っ越し代を置いて部屋を出ていったの」

「失礼だが、月々のお手当はいくら貰ってたの？」

「六十万円。でも、その中から約二十万の家賃を払ってたから、贅沢《ぜいたく》はできなかったわ。たまにパパはブランド物のバッグや装身具を買ってくれたけど、根がケチだったから」

「それで、あなたは福山の自宅に乗り込んで、千五百万円の手切れ金をくれって談判したんだな」

「ええ、そう。手切れ金なしじゃ、なんのために三年も愛人をやってたかわからないでしょ？　福山は別に好みのタイプじゃなかったの。だけど、金貸しだから、リッチだと思って愛人になったのよ」

「言葉を飾らないで言えば、福山とは金だけで繋がってたんだね？」

「ええ、その通りよ」

彩香があっけらかんと答えた。

「そうなら、当然、手切れ金を要求したくなるよな」

「千五百万ぐらいはすんなり貰えると思ってたの」

「ところが、福山は一円も出そうとしなかった」

「そうなんですよ。奥さんがそばにいたんで、その場を取り繕《つくろ》いたかったんだろうと思って、いったん引き揚げたの。翌日にでもパパから連絡があると思ってたんだけど、何も言ってこなかったわ」

「それで腹を立てて、飼い犬のチワワに農薬を混入した肉まんを喰わせたのか」

「わたし、そのことで逮捕されちゃうんですか⁉」

「そこまではしないよ。しかし、ペットに八つ当たりするのは考えものだな」

「ええ、あのワンちゃんには悪いことをしたと反省してます」

「二度とそういうことはしないほうがいいな」

「はい、わかりました」

「福山とは三年もつき合ったんだから、彼を恨んでる人間がいたことも知ってるんじゃないのか？」

半沢が訊《き》いた。

「『ピースファイナンス』の客は全員、パパを恨んでたと思います。めちゃくちゃな高利を払わせられてたんだから。それから、わたしと同じように手切れ金をまったく貰えなかった元愛人が何人もいそうね」

「誰か具体的に知ってる元愛人はいるんですか？」

奈穂は口を挟《はさ》んだ。

「そういう女はいないわ。元愛人もそうだけど、パパの奥さんだって、旦那《だんな》には憎しみを感じてたでしょうね。パパは金儲《もう》けは上手だったけど、堂々と愛人をこしらえてた。少しも悪びれた様子はなかったわね。亭主関白だったから、何か奥さんが不平を洩らしたら、パパは暴力を振るったと思うわ。だからね、奥さんも夫を殺してやりたいと考えてたかもしれないってこと」

「確かに旦那がいなくなれば、相当な遺産が奥さんのものになる。夫婦に子供はいないからな」

　半沢が言った。

「ええ、奥さんはパパの子を産んでない。どこかにパパの隠し子がいるかもしれないけどね」

「そういう話を福山から聞いたことがあるのか?」

「ないけど、パパは女にだらしがなかったから。わたしと一緒にワインバーに行っても、隙《すき》を見て女のひとり客に言い寄ってたのよ。だから、以前、愛人がいたとしてもおかしくはないと思ったわけ」

「なるほどな。余計なお世話だが、これからどうするつもりなんだ?」

「IT関係のベンチャービジネスで成功した四十代の男が契約愛人にならないかって言ってるの。毎月二百万のお手当をくれるらしいから、これから渋谷で、その相手と会うことになってるんですよ」

「もっと自分を大切にしたほうがいいんじゃないか」

「あら、お父さんと同じことを言ってる。わたしが短大を勝手に中退してレースクイーンになったとき、それからパパの愛人になったときも田舎の父は『もっと自分を大切にしなさい』って顔をしかめたわ」

「きみの生き方が危なっかしく思えたんで、つい忠告してしまったんだろう」

「そうなんでしょうけど、わたし、人生訓が嫌いなんですよ。偉そうなことを言っても、誰も生きることでは素人《しろうと》でしょ？　人生のプロはひとりもいないんだから、他人《ひと》に説教めいたことは言うべきじゃないわ。わたしの人生は親のものじゃない。わたしのものなんだから、放っといてよって気持ちになっちゃうの」

「確かに、きみの言う通りだ。しかし、親としては、わが子が石につまずきそうになったら、危ないと声をかけたくなるんじゃないかな。それが親心だよ」

「人生に挫折《ざせつ》はつきものなんだから、つまずくことも勉強でしょう？　過保護はかえって子供を駄目にしちゃうと思うの。それ以前に、子としてはうざったいわ」

「そういう考えは、罰当《ばち》たりなんじゃない？」

奈穂は、つい口走ってしまった。

「罰当たりですって⁉」

「ええ、そうよ。人間は誰も生まれてから自分の力だけで大人になったわけじゃないわ。親をはじめ周囲の人たちに生かされてきたと言ってもいいと思うの。だからね、人生の先輩たちの忠告は何かに役立つと考えて、素直に耳を傾けるべきなんじゃない？」

「警官になるような娘は生真面目《きまじめ》すぎて、面白みがないわね」

彩香が言った。小ばかにしたような口調だった。奈穂は彩香を睨《にら》み返した。

「まあ、まあ」

半沢が仲裁に入り、聞き込みを切り上げた。

奈穂たちは六〇二号室を出て、エレベーター乗り場に足を向けた。ホールに立って間もなく、エレベーターが上昇してきた。

函《ケージ》に乗っていたのは、本庁の月岡文博警部補と鈴木守《すずきまもる》巡査部長だった。

エレベーターホールに降りるなり、月岡が忌々《いまいま》しげな顔つきになった。

「所轄に先を越されてしまったか」

「残念ながら、山路彩香からは何も手がかりを得られなかった。これから彼女は出かける予定らしい。同じ質問を重ねるのは、時間の無駄でしょ？」

半沢が言った。奈穂は成り行きを見守ることにした。

「おたく、われわれに指図する気なのか？　こっちは本社の人間なんだぞ」

「それが何なんだっ」

「支社の者が本社の人間に偉そうなことを言うんじゃない」

「そんなに力《りき》んで喋《しゃべ》ったら、糞《くそ》を漏《も》らすぞ。腹を壊してるそうじゃないか。志賀警部がそう言ってた」

「下痢止めの薬を服《の》んだから、そんな粗相《そそう》はしない。わたしをガキ扱いしないでくれ」

「ちょっと失礼だったかな。それはそうと、おたくらに聞き込みの内容を伝えないとね」

「その必要はない。われわれは、山路彩香に任意同行を求めるつもりなんで」

「任意同行だって⁉」

「そう。山路彩香はパトロンの福山常昌に別れ話を切り出され、逆上して被害者宅に無断で上がり込んだ。れっきとした住居侵入罪でしょ？　それに後日、彩香は福山宅のペットのチワワに農薬入りの肉まんを与えて殺した疑いもある。彩香が手切れ金を出そうとしなかったパトロンを毒殺した可能性もなくはない」

「しかし、心証はシロだったよ」

「おたく、いつからわたしの直属の上司になったんだっ。被害者《マルガイ》の愛人だった彩香がシロかクロかは、本庁《うち》の須貝警視が判断するんだよ。あんたが指揮官じゃない」

「無駄《ロス》は極力《きょくりょく》、省《はぶ》くほうがいいと思っただけさ」

「彩香を任意で呼ぶことが無駄になると言いたいのかっ」

月岡が、いきり立った。

かたわらの鈴木刑事が困惑顔になった。しかし、月岡の横顔を見ただけだった。何も言わなかった。奈穂も静観しつづけることにした。

「あくまでも個人的な意見だが、軽犯罪で彩香を取り調べても、まず成果は得られないだろう」

半沢が穏《おだ》やかに言った。

「自信たっぷりだが、どうしてそんなふうに断言できるんだっ」

「切り口上《こうじょう》だね。彩香がパトロンを毒殺したんなら、事情聴取中に何度も目を逸《そ》らしたと思う。心の動きが目に出るもんなんだよ。前科歴の多い犯罪者はポーカーフェイスで嘘八百を並べるよな？」

「それがなんだと言うんですっ」

「上手に言い逃《のが》れたつもりでも、後ろめたさをそっくり拭《ぬぐ》うことはできない。だからね、目に出ちまうんだよ。長いこと犯罪者たちと接してきたから、彩香がシロだってことがわかったんだ」

「あんたは〝職人刑事《デカ》〟と自称してるようだが、勘を頼りにする時代はとうの昔に終わってる。刑事の勘よりも、科学捜査が決め手になるんですよ」

「そのことはわかってるさ。別段、科学捜査を軽く見てるわけじゃない。しかしね、犯罪捜査というのは結局、人間同士の心理の探り合いなんだ。刑事は犯罪者と真《ま》っ向《こう》から対峙《たいじ》し、相手の心の動きを読み取る。そうすれば、そいつが真犯人かどうか自然にわかるもんさ」

「時代遅れも甚《はなは》だしいな。笑っちゃうね」

「笑いたきゃ、笑うがいい。ただ、過去七件の殺人事件の加害者を割り出したのは、われわれだ。悪いが、本社の人間は一件も真犯人は検挙《アゲ》てない」

「今度は自慢話ですか」

「自慢してるわけじゃない。本社の人間は気位《きぐらい》ばかり高く、現場捜査官としては必ずしも敏腕とは言えないってことを伝えたかったんだよ」

「われわれを侮辱《ぶじょく》する気かっ。本庁刑事部の幹部がその気になれば、おたくを奥多摩の外れの所轄署に飛ばすこともできるんだぞ」

「面白い。やってもらおうじゃないか」

「強がってると、後で泣くことになりますよ」

月岡が半沢に言い放ち、鈴木刑事の片腕を乱暴に引っ張った。鈴木は途方に暮れたような顔で、六〇二号室に向かった。

奈穂たち二人は函《ケージ》に乗り込んだ。

「ちょっと大人げなかったよな」

半沢が、きまり悪そうに言った。

「いいえ、カッコよかったですよ」

「五十男をからかうなって。罰として、なぞなぞを解《と》いてもらうぞ」

「いいですよ。さあ、どうぞ！」

「冗談だよ。おれは権力を笠《かさ》に着た若い奴を見ると、無性《むしょう》にやっつけたくなっちゃうんだ。悪い癖なのかもしれないな」

「いいえ、いいことだと思います。権力や権威を楯《たて》にして威張《いば》る奴は、どいつも卑劣《ひれつ》漢ですので。とことん潰《つぶ》しちゃえばいいんですよ」

「そっちが男なら、握手して肩を抱いてただろう」

「いいですよ、肩を抱いても」

「その前に胸に触《ふ》れるだろうから、遠慮しておこう」

「親方なら、別にかまいません。さ、どうぞ！」

奈穂はほほえんで、両手を大きく拡《ひろ》げた。

と、半沢が少年のようにはにかんだ。ほんの少しだが、顔も赤らめた。

男の人は、中高年になっても純情な面がある。それが母性本能をくすぐる。

奈穂は目を細めた。

そのすぐ後、エレベーターが一階に着いた。二人は高級賃貸マンションを出て、スカイラインに急いだ。

半沢がイグニッションキーを捻《ひね》ったとき、懐で刑事用携帯電話が鳴った。ポリスモードと呼ばれ、五人との同時通話が可能だ。もちろん、写真や動画の送受信もできる。

制服警官に支給されているPフォン《ピー》とは違うが、機能はほとんど変わらない。すぐに係長がポリスモードを摑《つか》み出し、ディスプレイに目をやった。

「堀切からだよ」

半沢が言って、刑事用携帯電話《ポリスモード》を耳に当てた。遣《や》り取りは数分で終わった。

「未亡人は涙ひとつ見せないで、仮通夜の弔《とむら》い客に接してるそうだ。それどころか、客がいない所では、明るい表情になってるというんだよ」

「まさか⁉」

「堀切は、未亡人が誰かに福山を殺させた可能性もあるんじゃないかと言い出したんだ」

「それで？」

「引きつづき村尾と一緒に被害者宅を張り込むよう指示しといた。もし未亡人が誰かに夫殺しを頼んだんだとしたら、そのうちボロを出すかもしれないからな」

「そうですね。福山夫人は浮気癖の直らない夫に愛想を尽かして、莫大《ばくだい》と思われる資産を独《ひと》り占めにし、自由に生きることを選んだんでしょうか？　男は度胸、女は愛《あい》嬌《きょう》と言われてますけど、実際には逆でしょ？」

「言われてみれば、そうかもしれないな。女のほうがいざとなったら、腹を据えて、大胆なことをやる。女は度胸、男は愛嬌か」

「福山みたいな身勝手な男は、妻に見捨てられても仕方ないですよ。でも、未亡人が第三者に旦那を毒殺させたとは思いたくありませんね。いまはともかく、昔は惚れ合って結婚したんでしょうから、夫婦が殺意を懐き合うまで憎み合ってたとは考えたくないですもの」

「そうだな。町田に戻って、戸浦亜美に会おう」

「はい」

奈穂は背凭《せもた》れに上体を預けた。覆面パトカーが走りはじめた。

3

玄関ホール脇の応接間に通された。

戸浦家だ。午後九時半近い。半沢は奈穂と長椅子《ながいす》に腰かけた。応接間は十畳ほどの広さだった。

「もう間もなく娘はお風呂から上がると思いますが、先に主人を呼びますね」

亜美の母がそう言い、応接間から出ていった。

待つほどもなく戸浦順一が現われた。青いポロシャツに白っぽいチノクロスパンツという軽装だった。

「夜分にお邪魔しまして、申し訳ありません」

半沢は立ち上がって、短く挨拶《あいさつ》した。奈穂も腰を浮かせ、すぐに一礼した。

「どうぞお掛けください」

戸浦が半沢の前のソファに坐り、半沢たちに言った。二人は、相前後して長椅子に腰かけた。

「お借りした物をお返しします」

奈穂が狐色《きつねいろ》のトートバッグから、半透明のポリエチレン袋を取り出した。中身は机の引き出しの鍵とハンドバッグだった。

戸浦が急に落ち着きを失った。半沢は、それを見逃さなかった。

「鑑識係に検《しら》べてもらったのですが、鍵《キー》には亜美さんの指紋が付いてました。後でお借りしたハンドバッグの指紋と一致したわけですから、娘さんがお父さんの工場にある机の引き出しを開けたことは間違いないと思います」

「わたしが作業場にいるときにでも、娘は引き出しの中から判子か何か取り出したんでしょう」

「そうでしょうか」

「何か含みがあるような言い方だな」

「はっきり申し上げましょう。青酸カリが一グラムほど減ってましたよね？」

「それは、わたしの思い違いだったのかもしれないんだ。青酸カリの残量を量ったときは一グラム足りない気がしたが、記憶違いだったんだろう」

「あなたが娘さんを庇《かば》いたい気持ちはわかりますが……」

「きみ、言葉に気をつけろ。まるで亜美が工場から無断で青酸カリを持ち出したと決めつけてるような口ぶりじゃないかっ」

戸浦が声を張った。奈穂が救いを求めるような眼差《まなざ》しを向けてきた。

半沢は目顔《めがお》でうなずき、戸浦に話しかけた。

「部下が誤解を招くような言い方をしたことは謝ります」

「あなたの部下は、亜美が『ピースファイナンス』の福山社長を青酸カリで毒殺したと疑ってるようだね。しかし、それは見当違いだ。娘は、亜美は人殺しなんかできる子じゃない。だいたい娘が福山を殺さなければならない理由なんかないじゃないかっ」

「そう言い切れる根拠がおありですか？」

「あるとも。妻と心中した弟の栄次の借金を肩代わりすることになったのは、わたしなんだ。亜美自身が取り立てを受けてたわけじゃない」

「ええ、そうですね。しかし、あなたが『ピースファイナンス』の者に返済を強く求められてたことは、奥さんも娘さんも知ってたわけでしょ？」

「ああ、それはね。だからって、娘が福山社長を毒殺するわけない。福山が死んだからって、死んだ弟の借金をチャラにしてもらえるわけじゃないからな」

「ええ、それはね」

「百歩譲って、亜美がわたしの工場から一グラムの青酸カリを勝手に持ち出したとしよう。だが、娘は『仙華堂』で買った十二個入りの最中の箱を福山に会いに行く前にゴリラのゴムマスクを被《かぶ》った男に奪われてしまったんだ。だから、亜美が福山を毒殺した可能性はないんだよ」

「そのゴムマスクの男の件なんですがね、残念ながら、目撃者がいないんですよ」

「わたしの娘がもっともらしい嘘をついたと言うのか？」

戸浦の声が、ふたたび尖《とが》った。

「そうは言ってません。しかし、供述には裏付けが必要です。亜美さんの話が事実だとはっきりしない限りは、疑いは全面的には消えないです」

「それはそうだろうが、なんか不愉快だな」

「配慮が足りなかったことは素直に認めます。どうかご勘弁願います」

「わたしが悪かったんです。ごめんなさい」

奈穂が戸浦に詫《わ》びた。戸浦は撫然《ぶぜん》とした顔のままだった。

三人は気まずく黙り込んだ。

そのとき、戸浦の妻が三人分のコーラを運んできた。彼女が去って間もなく、湯上がりの亜美が姿を見せた。化粧っ気はなかったが、肌はすべすべとしていた。

「申し訳ありませんが、お父さんは少しの間、席を外していただけますか」

半沢は戸浦に頼み込んだ。

「いや、わたしはここにいる。娘が犯人扱いされるかもしれないからな」

「むやみに犯人扱いなんかしませんよ。単なる事情聴取ですので」

「しかし……」

「父さん、わたしひとりでも大丈夫よ」

亜美が父親に言った。

戸浦は小声で何か呟いたが、渋々、腰を上げた。亜美が半沢の前に浅く腰かけた。

すぐに奈穂が、机の引き出しの鍵から亜美の指紋が検出されたことを告げた。亜美は覚悟を決めたのか、取り乱したりしなかった。

「お父さんの工場に保管中の青酸カリの残量が一グラムほど足りないようなんだが、それについて、何か思い当たることがあったら、話してほしいんですよ」

半沢は慎重に言葉を選んだ。

「父の工場から無断で青酸カリを一グラム持ち出したのは、このわたしです」

「やはり、そうだったか」

「でも、誤解しないでいただきたいんです。わたし、『ピースファイナンス』の福山社長を殺そうと思って、毒物をくすねたんではないんです」

「なんのために勝手に青酸カリを……」

「父母は知らないことなんですけど、わたし、一年半ほど前から妻子のいる男性とつき合ってるんです。借金地獄で苦しんでる叔父のことで彼に相談しているうちに、恋愛感情が芽生えてしまったんです。相手が妻帯者だったんで、懸命に熱い想《おも》いを断《た》ち切ろうとしました」

「しかし、いったん燃え上がった炎は消すことができなかった。そうだね？」

「ええ。彼と濃密な時間を過ごした後は、きまって罪悪感にさいなまれました。奥さんと子供に後ろめたさを感じましたし、彼の心を惑《まど》わせてることでも罪の意識を覚えました。だけど、彼と別れることはできませんでした。いっそ自分がこの世から消えてしまえば、何もかもうまくいくと思いはじめたら、死の誘惑に駆られて……」

「自殺しようとして、青酸カリを盗み出したのか？」

「はい。でも、いざとなったら、死ぬことが怖くなって、無断で持ち出した青酸カリは会社のトイレに流してしまいました」

「それを誰かが証明できる？」

「立証はできないと思います。青酸カリは、こっそり処分したわけですから」

「困ったね」

「刑事さん、どうか信じてください。わたしが話したことは嘘ではありません。父の工場から無断で青酸カリを持ち出したことで、福山社長を毒殺したと疑われているんでしょうけど、わたしは無実です」

「きみの言葉を信じてやりたいが、不利な材料があるんだよ」

「どんなことなんでしょう？」

　亜美が顔を上げた。

「きみがゴムマスクを被った男に『仙華堂』の最中《もなか》を奪《と》られるところを目撃した者が未《いま》だに出てこない。まだ残照で明るい通りで犯行に遭《あ》ったわけだから、目撃者がひとりや二人はいそうなんだがね」

「あいにく、近くに人はいなかったんです。でも、通りかかった車を運転してた方とか設置されてる防犯カメラの映像をチェックしていただければ、必ず引ったくり事件があったことはわかるはずです」

「情報集めを強化しましょう。もう一つ、不利なことがあるんだ。きみは父親が肩代わりした借金の高利を引き下げてもらいたくて、福山に何度か会ったという話だったね？」

「はい」

「一度は横浜の料理旅館で体を奪われそうになって、事件前には福山から自分の愛人になれば、金利を下げてやってもいいと言われたんだよね？」

「ええ」

「きみは、いつか福山に力ずくで体を奪われそうなんで怯《おび》えはじめたのかもしれない。そんなことになったら、好きな男に顔向けできなくなるだろう。そう考えれば、殺しの動機はあるわけだ」

半沢は心を痛めながらも、揺さぶりをかけてみた。

「福山社長がわたしの体を狙ってるとは感じてましたけど、強迫観念《きょうはくかんねん》に取り憑《つ》かれたりしませんでした。相手に隙さえ与えなければ、おかしなことはされないと考えてましたので」

「しかし、福山は悪知恵の発達した奴だった。飲みものの中に強力な誘眠剤を入れられて密室に連れ込まれたら、逃げるに逃げられなくなるだろう。刃物を使われても、女性なら、すく体が竦《すく》んでしまうんじゃないのかな」

「ずいぶん意地の悪い見方をするんですね」

「わたしも、そう感じました」

奈穂が亜美に同調した。半沢は曲解《きょっかい》されたくなくて、どちらにともなく言った。

「そんなふうに受け取られたのは、ちょっと心外だな。客観的な見地《けんち》に立って、可能性のある事柄を述《の》べたつもりなんだ」

「ええ、そうだったのかもしれませんね。反論させてもらいますけど、福山社長に屈辱感を味わわされたぐらいじゃ、わたし、殺意なんか懐《いだ》きません。相手を思い切り軽《けい》蔑《べつ》するでしょうけどね」

「確かに、それだけでは福山を殺す気にはならないだろうな。それに、きみは人を殺すよりも自《みずか》らの命を絶《た》つタイプのようだしね」

「そうだと思います」

「差し障りのない範囲で結構なんですけど、交際中の男性のことを少し教えてもらえませんか？」

　奈穂が亜美に言った。

「それは、ちょっと……」

「叔父さんの借金のことで相談しているうちに相手を好きになったとおっしゃってましたが、弁護士さんなのかしら？」

「いいえ、違います」

「警察関係者なんですか？」

「それも違います。彼に迷惑をかけたくないので、ご質問には答えられません」

　亜美が口を閉ざした。奈穂が微苦笑し、コーラの入ったゴブレットに手を伸ばした。

　これ以上粘《ねば》っても、収穫はなさそうだ。

半沢は辞去することにした。亜美に礼を言いかけたとき、奈穂が口を開いた。

「森刑事は、あなたのことを全面的に信じてるようですよ」

「そう。正宗ちゃんなら、わたしのことを信じてくれると思っていました」

「森刑事は何があっても、あなたをとことん庇うでしょうね。幼馴染みというだけじゃなく、多分、先輩は……」

「そろそろ引き揚げよう」

半沢は奈穂の言葉を遮《さえぎ》り、亜美に謝意を表した。亜美に見送られ、半沢たち二人は戸浦宅を出た。

「森先輩のことで余計なことを喋りかけて、すみませんでした」

門の前で、奈穂が詫びた。

「捜査に必要なこと以外は口にしないほうがいいな。戸浦亜美の不安を取り除いてやりたかったんだろうが」

「ええ、まあ。でも、そういう個人的な気持ちは今後、職務に持ち込まないようにします」

「そうしてくれ。ところで、戸浦亜美がくすねた青酸カリを職場のトイレに捨てたという話はどう感じた？」

「その通りだろうと思いました。係長は何か引っかかるものを感じたんですね？」

「ちょっとな。自殺するのが怖くなったからって、すぐに青酸カリを処分する気になるだろうか。一度、死にたいと考えた人間は断続的に厭世的《えんせいてき》な気分に囚《とら》われると言われてる。事実、その通りなんだろう」

「だから、死にたいって気持ちは完全には萎《しぼ》まないのではないか。そういうことなんですね？」

「そう。彼女は、まだ一グラムの青酸カリを隠し持ってるんじゃないのかな。持ってないとしたら、トイレに流したんじゃなく……」

半沢は言い澱《よど》んだ。

「彼女が真犯人《ホンボシ》に一グラムの青酸カリを渡したのではないかとおっしゃるんですね？」

「別に根拠があるわけじゃないが、そういう可能性も皆無《かいむ》とは言えないだろう」

「仮にそうだとしたら、青酸カリはプロの犯罪者に渡されたんでしょうか？」

「そうかもしれないが、妻子持ちの彼氏に渡ったとも考えられるな。そうだとしたら、そいつがゴムマスクで顔を隠して、戸浦亜美の手から最中を奪ったのか」

「わざわざそんな手の込んだことをする必要があります？　自分でどこかで最中を買って、戸浦亜美から渡された青酸カリを盛ればいいことですよね」

「この種の事件の場合、捜査当局は最中の入手先をまず洗う。誰がどこで最中を買い求め、被害者にどう渡ったのか。当然のことながら、被害者が喰った最中を購入した人間が真っ先に怪しまれる」

「ええ、そうでしょうね。それだから、真犯人は自分で最中《もなか》を買うことを避けた？」

「そうなんだろうな。といって、最中を買った者と喫茶店やレストランで接触することも危険だ。それで、ゴリラのゴムマスクを被って、引ったくりの狂言をやったんじゃないのかな」

「話としては面白いと思います。でも、リアリティーはない気がします」

奈穂が言った。

「うん、そうかもしれないな」

「もし係長の推測通りだとしたら、真犯人は『ピースファイナンス』の福山をかなり憎んでたんでしょう。ゴムマスクの男が大口債務者で、戸浦亜美と共謀してたとなったら、大和市に住んでる奈良敦夫あたりが疑わしいですよね？」

「メダル製造の仕事をやってる奈良なら、自分でメッキ加工業者から青酸カリを入手できそうだな」

「ええ。わざわざ森先輩の幼馴染みに青酸カリを分けてもらわなくてもいいわけですよね。わたしって、頭悪いな」

「頭は悪くないんだが、少しせっかちだな」

「係長は優しいんですね。いい上司に恵まれたことを感謝しなくちゃ」

「急にヨイショする気になったのは、夕飯をどこかで奢《おご》れという謎かけか？　飯を喰わせるのはかまわないが、今夜はもう家に帰れよ」

「署に泊まり込まなくてもいいんですか？」

「まだそれほど忙しいわけじゃない。自宅でゆっくり寝《やす》めよ」

半沢は覆面パトカーの助手席に奈穂を乗せ、ＪＲ八王子駅まで送り届けた。上《のぼ》りの中央線に乗れば、新人刑事は数十分で国立の自宅に帰れるだろう。

半沢は町田街道をたどって、職場に戻った。捜査本部に顔を出すと、本庁の志賀警部が歩み寄ってきた。

「本庁《うち》の月岡をあんまりいじめないでほしいな」

「早速、兄貴分に告げ口したようですね。で、福山の愛人だった山路彩香を任意で引っ張ったのかな？」

「それはしませんでしたよ。また、月岡がいじめられそうだったんでね。少し前に二階に降りて、今井君から所轄の動きを教えてもらったんですよ。半沢係長は逐一《ちくいち》報告してくれるタイプじゃないんで、当方から積極的に探りを入れないとね」

「わたしを含めて強行犯係の全員が本庁の方たちに全面協力してると思ってましたが……」

半沢は言い返した。

「よく言うなあ。ま、いいでしょう。それより、戸浦亜美は父親のメッキ工場から青酸カリを無断で持ち出したことを認めました？」

「ええ」

「それじゃ、戸浦亜美の犯行《ヤマ》なんでしょう」

「いや、彼女は実行犯じゃなさそうだ」

「えっ、どうしてなんです？」

志賀が問いかけてきた。突っかかるような口調だった。半沢は、亜美の供述をかいつまんで伝えた。

「妻子持ちの男を誑《たぶら》かした女が本気で自殺する気だったとは思えないな。おそらく不倫相手に頼まれて、戸浦亜美は親父《おやじ》さんの工場から一グラムの青酸カリを盗んだんだろう。その彼氏が福山と何かトラブルを起こしてたんじゃないんですか。亜美の父親に青酸カリの盗難届を出させれば、娘の窃盗容疑は立件できるな」

「まさか本気で言ったんじゃないでしょ？」

「本気ですよ、こっちは」

「亜美は、親の所有物を無断で持ち出しただけだ。まったくの他人のメッキ工場に忍び込んで、一グラムの青酸カリをかっぱらったわけじゃない。そこまで追い込むのは、いくらなんでもやりすぎでしょう？」

「たとえ親の物でも、盗《と》れば、泥棒でしょうが。人情刑事もいいけど、犯罪者には毅《き》然《ぜん》とした姿勢をとるべきだな。そんな具合だから、警察は一般市民になめられるんですよ」

志賀が身を翻《ひるがえ》した。

そんなに焦《あせ》ったら、捜査ミスを招くものだ。半沢はそう思ったが、言葉を呑《の》んだ。

4

部屋の空気が重い。

捜査本部である。奈穂は目で上司の半沢を捜した。

半沢は本庁の須貝警視に何か異論を唱えていた。

奈穂は職場に着いたとき、今井刑事から今朝《けさ》九時前に戸浦亜美が任意で本庁の捜査員に同行を求められたという話を聞いた。おそらく半沢は、そのことで須貝警視に抗議しているのだろう。

奈穂は部屋の一隅にたたずんだ。ＪＲ八王子駅まで半沢に車で送ってもらった翌日の午前十時過ぎである。

少し待つと、半沢が須貝警視から離れた。奈穂は目顔で上司を呼んだ。半沢が蟹股《がにまた》で歩み寄ってくる。

「昨夜《ゆうべ》はありがとうございました」

「そんなことより、どうした？」

「少し前に今井さんに堀切さんから連絡があって、福山の奥さんが葬儀社の人たちと本通夜《ほんつや》の打ち合わせの後、庭の隅《すみ》で三十五、六歳のイケメンと何かひそひそ話をしていたという報告が入ったらしいんです。それで堀切さんが現場に残り、村尾さんがその男を尾行中だという話でした」

「そうか」

二人は捜査本部を出た。奈穂は階段を下《くだ》りながら、半沢に話しかけた。

「今井さんが教えてくれたんですけど、本庁の人たちは戸浦亜美に任意で同行を求めたそうですね？」

「ああ、そうなんだ。同行に応じなければ、窃盗容疑で起訴するぞと脅してな」

「それは、まずいでしょ？」

「やり方が汚いよな。確かに戸浦亜美は、父親のメッキ工場から一グラムの青酸カリを無断で持ち出した。いいことじゃないが、窃盗容疑で起訴するような事案《じあん》じゃない。子供が母親の目を盗んで、財布から小銭をくすねたようなもんだからな」

「ま、それに近いんでしょうね」

「なあに、本社の連中だって、本気で戸浦亜美を窃盗容疑で起訴する気なんてないのさ。威《おど》しに決まってる。それで、彼女が本件に関与してるかどうか早く知りたいんだよ」

「そうなんでしょうね」

「今回の事件《ヤマ》は意地でも本社の手柄にしたいという気持ちがあるんだろうが、勇み足だよ。下手したら、人権問題にも発展しかねない。だから、須貝警視にもっと慎重になるべきではないかと苦言《くげん》を呈《てい》したんだ」

「須貝警視はどうおっしゃってました？」

「単なる事情聴取だと言い張ってたよ。しかし、亜美は取調室に入れられたんだ。ただの事情聴取と主張しても、それが通るわけない。相手の弱みにつけ込んだ際《きわ》どい捜査だな」

「彼女がマスコミ関係者か人権派弁護士に強引な任意同行のことを喋ったら、捜査に行きすぎがあったと非難されるでしょうね」

「ああ、それは避けられないだろう。といっても、おれは世間の目を気にして、びくついてるわけじゃないんだ。軽犯罪や別件で重要参考人を追い込む方法がフェアじゃないと思ってるんだよ」

半沢が言った。

「わたしも同じ考えです。事件をスピード解決させることはいいことですが、そのために強引な捜査をするのはよくありません。物証を一つずつ集めて、被疑者を自白に追い込むのがベストですからね」

「その通りだな」

「戸浦亜美は何日か留置されることになるのでしょうか?」

「そこまではやらないいんじゃないか。何時間か後には自宅に帰らせてもらえるだろう。しかし、欠勤させられたわけだから、迷惑な話だと思うよ」

「でしょうね」

二人は刑事課フロアに降りた。

今井がすぐに堀切からの連絡事項を半沢に伝えた。半沢は黙って耳を傾けていた。

「宇野と森は前夜に引きつづいて、奈良敦夫の動きを探ってます。いまのところ、不審な点はないそうです」

「そうか」

「親方、宇野たち二人はもう引き揚げさせてもいいんじゃないですか?」

今井が提案した。

「いや、まだ早いな。奈良敦夫が張り込みに気づいて、警戒してるとも考えられるから」

「そうか、そうですね」

「おれたち二人は、これから横浜市の青葉台にある福山の自宅に行く。堀切ひとりで張り込んでるんじゃ、心細いだろうからな」

半沢が言って、自分の机の上から煙草と使い捨てライターを摑み上げた。奈穂は自分のショルダーバッグを肩に掛けた。

そのとき、草刈刑事が出入口から姿を見せた。怒ったような顔つきだった。

「何かあったのか？」

半沢が草刈に問いかけた。

「取調室にずっといたら、そのうち志賀警部を怒鳴《どな》りつけそうなんで、ここで少し気を鎮《しず》めようと思ったんですよ」

「本庁の旦那は、高利貸しの福山を毒殺したのは戸浦亜美と決めてかかってるようだな？」

「ええ、そうなんです。亜美が父親の工場から青酸カリを勝手に持ち出したという状況証拠はありますが……」

「それだけじゃなく、『仙華堂』で最中《もなか》を買ってます」

奈穂は話に割り込んだ。

「ああ、そうだな。しかし、亜美は福山に会いに行く前に路上でゴムマスクを被った男に十二個入りの最中の箱をそっくり横奪《よこど》りされたと言ってる」

「ええ、そうですね。しかし、そのことを裏付ける目撃証言はありません」

「伊織は、戸浦亜美が福山に毒を盛ったと思ってるのか?」

「わたしは捜査でわかったことを述べただけです」

「かわいげがなくなったな。刑事実習に来てたころは、実に初々《ういうい》しかったけどさ」

「まだ駆け出しではありますけど、一応、いまは強行犯係ですから」

「あと五年もしたら、おまえさんは生意気《なまいき》な女刑事になっちまうんだろうな。いやだ、いやだっ」

草刈が芝居っ気たっぷりに言って、自席についた。一拍置いて、半沢が草刈に話しかけた。

「青酸カリを無断で持ち出した理由については、不倫相手との行く末に絶望したので、死ぬ気だったと言ったんだろ?」

「ええ、そうです。しかし、自殺するのが怖くなったので、会社の手洗いに一グラムの青酸カリを捨てたと言ってました。そのとき、亜美はなぜだか伏し目になったんですよ。ほんの一瞬でしたけどね」

「なぜ目を伏せたんだろうか」

「自分も、そのことが気になったんですよ。もしかしたら、亜美は毒物を水洗トイレに流してないのかもしれません」

「そして、誰かに一グラムの青酸カリを譲った？」

「ええ、ひょっとしたらね。亜美から青酸カリを譲り受けた人間が〇・二グラムずつ五個の最中に混ぜて、福山を死なせたのかもしれないと……」

「本社の連中は、『ピースファイナンス』の従業員三人から改めて事情聴取したはずだが、新たな手がかりは？」

「福山の愛人だった山路彩香が事務所に三十人分の天丼を出前させたことはわかりましたが、そのほかの新事実は出ませんでした。どうせ厭がらせの偽注文をするなら、葬儀社を何十社か『ピースファイナンス』に行かせりゃよかったのに」

「ついでに、坊さんも呼んでやってもよかったんだ」

「親方……」

「冗談だよ。それはそうと、亜美は不倫相手のことを明かしたのか？」

「いいえ、それは頑《かたく》なに言いませんでした。相手の男に迷惑かけたくないと思ってるんでしょう。彼女は、そいつを愛してるんでしょうね」

「ああ、多分な。福山殺しについては、全面的に犯行を否認してるんだろう？」

「ええ」

「だったら、亜美を長いこと引き留《と》めておくわけにはいかないいな」

「そうなんですが、桜田門の奴らは代わる代わるに取調室に顔を出して……」

「所轄に先を越されたくないと焦ってるんだろう」

「そうなんでしょうけど、やり過ぎですよ。あれじゃ、警察アレルギーを増大させるだけです」

草刈が不満げに言って、口を引き結んだ。

「行こう」

半沢が奈穂を促《うなが》した。奈穂は半沢と連れだって刑事課を出た。

二人はスカイラインで被害者宅に向かった。

二十分ほどで、覆面パトカーは青葉台の邸宅街に入った。敷地の広い豪邸が連《つら》なり、街並が美しい。福山の自宅は豪壮《ごうそう》だった。内庭の樹々《きぎ》は手入れが行き届いていた。奥まった場所に洋風の二階家が建っている。

福山邸の三軒手前の生垣《いけがき》の際《きわ》に灰色のプリウスが見える。運転席には、堀切が坐っていた。半沢がプリウスの数十メートル後方にスカイラインを停めた。

「さりげなくプリウスに近づいて、堀切さんから情報を仕入れてきましょうか？」

奈穂は言った。

「そんなことをしたら、張り込み中だって未亡人にバレてしまうよ」

「でも、本通夜の準備で千春夫人は忙しいでしょうから、家の前の道路に出てくることはないと思います」

「ああ、それはないだろうな。しかし、門や庭先に防犯カメラが設置されてるにちがいない。首振りタイプの防犯カメラなら、両隣どころか数軒先の路上まで映るだろう」

「だとしたら、わたしが堀切さんたちの車に近づくのはまずいですね？」

「ああ。張り込み中は、同僚に決して接近しないことだ。無線かポリスモードで、連絡を取り合う。いいね？」

「わかりました」

「いい返事だ」

半沢が満足げに言い、上着の内ポケットから刑事用携帯電話《ポリスモード》を取り出した。ほとんど同時に、着信ランプが瞬《またた》いた。すぐにポリスモードが振動した。

「堀切からだよ」

半沢が言って、ポリスモードを耳に当てた。通話時間は数分だった。

「村尾が少し前に、未亡人と庭の隅で密談してた男の正体を突きとめたらしい」

「それはお手柄ですね。で、相手は？」

「輸入車のディーラーの営業マンで、瀬沼翼《せぬまつばさ》という名らしい。三十五歳だという話だったな」

「その彼と未亡人は、いわゆる不倫の間柄だったんでしょうか？」

「村尾が問い詰めたところ、瀬沼という男は一年ほど前から福山千春と親密なつき合いをしてると白状したらしい。そいつは独身らしいから、未亡人に唆《そそのか》されて福山を殺す気になった可能性もゼロではないだろう」

「ええ、そうですね。それから、逆のケースも考えられます。未亡人が瀬沼という不倫相手に焚《た》きつけられて、誰かに旦那を毒殺してもらったという推測もできるわけでしょ？」

「そうだな。どちらの場合であっても、千春と瀬沼は共謀したのかもしれない。しかし、それは可能性がないわけではないということで、現実的には……」

「そうでしょうか。未亡人は日頃《ひごろ》から亡夫に深い愛情を示されてたわけじゃありません。殺された福山は山路彩香を愛人にしてましたし、それ以前にも浮気を重ねてきたようです。戸浦亜美も口説《くど》こうとしてました。おそらく夫婦の関係は、何年も前から冷え切ってたんでしょう」

　奈穂は言った。

「ああ、考えられるね」

「女はリアリストだという説がありますが、子宝に恵まれなかった千春夫人には足枷《あしかせ》はなかったわけでしょ？」

「そうだろうな」

「未亡人は物質的な豊かさには満足してても、精神的な充足感は得られなかったにちがいありません。そんなときに外車ディーラーの営業マンと知り合って、恋してしまった。相手は独身です。夫さえ消えてくれれば、瀬沼とやり直せるわけでしょ？　おまけに、亡夫の遺産も手に入ります」

「人妻がそんなことを考えてると思うと、なんだか恐ろしくなってくるな。しかし、その種の話は現実に起こってる」

「ええ、そうですね。反対に瀬沼がお金目当てで千春とつき合ってたんだとしたら、彼女の夫の財産も欲しくなるんじゃないのかな。福山の遺産が総額でどのぐらいなのか知りませんけど、一億以下ってことはないですよね。自宅の土地と建物だけで、二億円前後の価値はありそうですので。ほかに不動産を所有してるでしょうし、有価証券や預貯金も少なくないと思うんです」

「だろうね。べらぼうな高利で、長いことボロ儲けしてきた金貸しだったんだから」

「係長、未亡人に会ってみましょうよ。本通夜は夕方から執り行われるはずですから、いまなら、それほど多忙ではないでしょ？」

「焼香かたがた、それとなく未亡人に探りを入れてみるか」

半沢は言いながら、スカイラインから出た。

いつもはスローモーなのに、やけにせっかちだ。未亡人の顔を早く見たくなったのだろうか。

奈穂はにやつきながら、覆面パトカーの助手席を離れた。半沢と肩を並べて歩きだす。

二人は覆面パトカーのプリウスの横を通り抜けて、福山邸に近づいた。レリーフが施《ほどこ》されたブロンズカラーの洒落《しゃれ》た門扉《もんぴ》は閉ざされていた。

半沢がインターフォンに片腕を伸ばした。

奈穂は門扉越しにガレージを見た。国産大型車のセンチュリーのほかに、ベンツ、ジャガー、ロールスロイス、ＢＭＷ、クライスラーなどが並んでいた。

ややあって、若い男の声で応答があった。

親類の者だという。半沢が名乗って、来意を告げた。

「いま、門を開けます」

相手が言い終わらないうちに、門扉がゆっくりと左右に割れた。奈穂は半沢とアプローチの石畳を踏み、広いポーチに上がった。

半沢がライオンの顔を象《かたど》ったノッカーを鳴らすと、黒っぽいワンピース姿の女性が現われた。未亡人の千春だった。

やや目に険《けん》があるが、かなり美人だ。化粧は入念に施されている。意外なことに、悲しみに沈んでいる様子はうかがえない。

「焼香させてもらえますか？」

半沢が名乗ってから、そう言った。

未亡人が型通りの挨拶をし、案内に立った。奈穂は半沢とともに千春の後に従った。

亡骸は、奥の和室に安置されていた。故人は、すでに柩《ひつぎ》の中に納められている。祭壇は豪華だった。花と供物《くもつ》の量も多かった。

二人は死者の顔を覗《のぞ》き込んでから、半沢、奈穂の順に線香を手向《たむ》けた。柩のそばに正坐した千春が丁重に頭を下げた。彼女の表情に変化はなかった。

「まだ故人は四十を超えて間がなかったのに、残念なことになってしまいましたね」

半沢が未亡人に声をかけた。

「福山は若いころから、太く短く生きたいと言っていましたので、本人はこれでよかったんだと思います」

「気丈《きじょう》ですね、奥さんは」

「そうでしょうか。夫に急死されて戸惑《とまど》ってはいますが、故人の望みは叶《かな》ったわけですから……」

「ま、そうなんでしょうがね。『ピースファイナンス』の経営は、奥さんが引き継《つ》がれるんですか？」

「いいえ。社員の方たちの再就職口が決まったら、事務所は畳むつもりです。わたしは仕事をしなくても、なんとか食べていけますので」

「欲がないんだな」

「わたし、事業欲はまったくないんですよ。それよりも、犯人の目星はついたのでしょうか？」

「まだ犯人の絞り込みはできてません」

「そうなんですか。夫は高利で多くのお客さんを困らせたようですが、極悪人《ごくあくにん》ってわけではなかったんです。ですから、一日も早く犯人を捕まえてほしいですね」

「むろん、全力を尽くします。ところで、奥さんは外車販売会社の営業マンをやってる瀬沼翼さんをご存じですよね？」

半沢が確かめた。千春がうろたえ、視線を泳がせた。奈穂は未亡人を正視した。

「は、はい。わたしがいつも乗ってるＢＭＷは、瀬沼さんが働いているディーラーで買ったものですから」

「かなり親しくされてるようですね」

「誰がそんなことを言ってるんです？　客とセールスマンという関係にすぎませんよ」

千春が早口で言った。

「そうなんですか。瀬沼さんのほうは、わたしの部下に奥さんとは親密だと打ち明けてくれたんですがね。それから、きのう、あなたと瀬沼さんがこの家の庭で何かこそこそと話をしてるところを別の部下が見たと言ってるんですよ」

「えっ」

「ご主人は、もう亡《な》くなったんです。奥さん、われわれには隠しごとはなさらないでください」

「でも……」

「あなたの言う通りだとしたら、瀬沼さんがいい加減なことを言ったことになるな。虚言癖があるんだろうか」

「彼は、瀬沼さんは誠実な男性《ひと》です。だから、わたし、彼と一緒に人生をリセットしてもいいと思ったんです」

「いま、瀬沼さんと人生をリセットしてもいいとおっしゃられましたよね？」

「あっ、誤解しないでください。瀬沼さんとわたしが結託《けったく》して、夫をどうこうしたなんてことは絶対にありませんから」

「どうして、そんなふうに考えたのかな」

　半沢が訊いた。

「夫婦仲がしっくりいってなかったことは、もう警察の方には知られてると思ったんですよ。ですので、わたし、誤解されたんではないかと……」

「そうだったんですか。失礼な言い方になるが、あなたはご主人が亡くなっても、それほど深い悲しみを感じてるようには見えない」

「そうかもしれませんね。とうの昔に夫から心が離れていましたので」

「夫を喪《うしな》った悲しみよりも、瀬沼さんとやり直せるという喜びのほうが大きいんでしょうか？」

「そのことを否定するつもりはありませんけど、わたしも瀬沼さんも夫の事件には関わっていません。どうか信じてください」

「二人のアリバイは？」

「ええ、あります。夫が死んだとき、瀬沼さんとわたしは二子玉川のイタリアン・レストランにいたんです。お店の方が、きっとわたしたちのことを憶《おぼ》えていると思います。午後五時から八時過ぎまで、ワインを飲んでいましたんで」

千春が店名と所在地を明かした。

未亡人と瀬沼という男はシロだろう。奈穂はそう思いながら、メモを執った。

「一応、お二人のアリバイを調べさせてもらいます。どうもお邪魔しました」

半沢が言って、おもむろに立ち上がった。

奈穂も謝意を表し、腰を浮かせた。

第三章　同僚刑事の苦悩

1

ショールームにはドイツ車が十台ほど並んでいる。

外車販売会社の世田谷営業所だ。玉川通りに面していた。桜新町《さくらしんまち》一丁目である。

半沢はカウンターに歩み寄り、居合わせた二十七、八歳の男に刑事であることを明かした。相手の顔が緊張で引き締まる。

「瀬沼翼さんは外回りに出られてしまいました？」

奈穂が問いかけた。

「いいえ、奥の事務フロアにおります。瀬沼が何か法に触《ふ》れるようなことをしたのでしょうか？」

「いいえ、そうではないんですよ。ただの聞き込みです」

「そうなんですか。すぐに本人を呼んでまいりますんで、あちらでお待ちいただけますか」

　相手がショールームの一隅にあるソファセットを示し、急ぎ足で奥の事務フロアに向かった。

　半沢は部下を促《うなが》し、ソファセットに歩《ほ》を進めた。すぐに奈穂が追ってきた。二人は並んで腰かけた。

「ショールームに陳列されてる車は五百万以上のものばかりだったな。安い俸給しか貰《もら》ってない刑事には一生、買えそうもないね」

「そんなことはないでしょ？　三年か四年のローン払いなら、ＢＭＷだって、ベンツだって買えるんではありませんか」

「長期ローンを組んでまで外車を手に入れたいとは思わないよ。車は走ればいいんだ。だから、いま乗ってるカローラで充分さ。ただ、息子たちは一度も父親の車を借りたいと言ったことはないね。大衆車を運転することは、そんなにカッコ悪いことなのかな」

「若い人は、あまりにポピュラーな物は敬遠する傾向があるんですよ」

「つまり、一般大衆に支持されてる物品はダサいというわけか」

「ま、そうなんでしょうね」

「だけど、たいして稼いでないサラリーマンや公務員が背伸びをして高級外車や外国製腕時計を買っても、結局、一点豪華主義になっちゃうわけだろ？　そんなのは、かえって惨《みじ》めじゃないか。服、靴、腕時計、車、住居のすべてを一流品で揃《そろ》えられればいいが、数点だけ有名ブランド品を持っててもね」

「若い世代は自分の気に入った物には、お金を惜《お》しまないんですよ」

「しかし、ロレックスとかフランク・ミュラーの高級腕時計を嵌《は》めて、何日もカップ麺《めん》を啜《すす》ってたら、なんか滑稽《こっけい》な感じがするじゃないか」

「それは仕方ないんじゃないのかしら？　平均的な勤め人が高価な物を買い揃えることは無理ですので」

「そうまでして見栄を張ることはないと思うがな」

「見栄を張るというのとは、ちょっと違う気がします。金銭的に余裕がないから、せめて一、二点は自分の好みや美意識を最優先させてるんですよ。つまり、拘《こだわ》りの一点ってわけです」

　奈穂が言った。

「ちょっと待った。その拘りという言葉だが、最近はテレビや若い連中がいい意味で使ってるが、もともとは悪い意味だったんだぞ。くだらないことに拘泥《こうでい》してるとかさ」

「えっ、そうだったんですか⁉　いい意味だと思ってました」

「本離れが進んだんで、日本語が乱れるようになったね。ラ抜き言葉もそうだが、本来の意味を逆に取り違えて用《もち》いてる単語も多くなってしまった。嘆かわしいね。言霊《ことだま》を大切にしなくちゃな」

「言霊って？」

「言葉に宿ってる不思議な働きのことだよ」

「へえ。勉強させてもらいました。ゲーム世代は活字よりも映像に多く接してきたから、ボキャブラリーが少ないんです」

「もちろん映像にもよさはあるが、時には本も読まないとな。言葉は想像力を育《はぐく》んでくれる。人間の優しさや心遣《づか》いの源《みなもと》は、想像力と観察力なんだ。映像は人間が考える前に答えを示す場合が多いから、想像力や感性が豊かにはならない。人間、本を読まなくなったら、そこで成長が止まってしまう」

「係長は月に何冊ぐらい本を読んでるんですか？」

「もう一年近く読書はしてないな」

「それなのに、偉そうに……」

「ごめん！　この年齢《とし》になると、もっともらしいことを言わないと、若い奴らに軽く見られるんで、つい蘊蓄《うんちく》を傾けてしまったんだよ。きょうにも親父《おやじ》ギャグのネタ本を買いに行こう」

「その手の本に目を通すことも、読書と言えるんですかね？」

「読書とは言えないか」

半沢は頭を掻《か》いて、口を結んだ。

その直後、奥から俳優のようなマスクの男がやってきた。それが瀬沼翼だった。

半沢たち二人は立ち上がって、それぞれ名乗った。瀬沼は自己紹介すると、半沢の前に坐った。

「福山千春さんのご主人の事件のことですね？」

「ええ。ここに来る前に部下が青葉台の福山宅に行って、未亡人から瀬沼さんとの関係を聞いてきました」

半沢は言った。

「そうですか。殺された福山氏には申し訳ないが、わたしは千春さんと結ばれる運命だったと改《あらた》めて感じましたね。彼女は少し年上ですが、とってもかわいい女性《ひと》なんです。年齢差なんか感じたことありません」

「いずれ、千春さんと正式に結婚されるおつもりなのかな？」

「ええ、そのつもりでいます。まだ正式にプロポーズはしていませんが、彼女はわたしの気持ちに応《こた》えてくれるでしょう。多分、一年後には千春さんはわたしの妻になってると思いますよ」

「そうなったら、瀬沼さんは退社されて何か事業を興《おこ》されるんでしょうね？」

「いいえ、職場を去る気は毛頭ありません」

「しかし、千春さんは亡夫の遺産をそっくり相続することになるわけですから、事業の開業資金はいくらでも回してもらえるでしょう？」

「わたしは財産目当てで彼女と一緒になろうと思ってるわけではありません。十年ぐらい先に独立したいとは考えていますが、千春さんの金を当てにする気などないですよ。千春さんが相続した夫の遺産は彼女が好きなように遣えばいいんです」

「男らしい方だな。カッコいいですよ」

「刑事さんたちがわたしの職場に来られたということは、われわれ二人は疑われてるようですね。しかし、千春さんもわたしも福山氏の事件にはまったく関わっていません。事件当日の午後五時過ぎから八時過ぎまで、二子玉川の『ルチアーノ』ってイタリアン・レストランで食事をしていました」

「その店には、千春さんとちょくちょく行かれてたんですか？」

奈穂が口を挟《はさ》んだ。

「ええ。いまも月に二度は通ってます。わたしが借りているマンションが瀬田《せた》にあるものですから、ワインで酔ってもタクシーでワンメーターで帰宅できるんですよ」

「お店の従業員さんたちとは顔馴染《かおなじ》みなんですね？」

「ええ、そうです。オーナーシェフがわたしの大学の先輩ということもあって、常連なんですよ」

「そのオーナーシェフの方のお名前は？」

「梯《かけはし》 龍太《りゅうた》です。三十七歳のはずです。梯さんや従業員のみんなに確かめてもらえば、わたしたちのアリバイは成立するでしょう」

「そうさせてもらいます」

「ご苦労さまでした」

瀬沼が先に立ち上がった。半沢は礼を言い、部下とともに外に出た。覆面パトカーに乗り込み、二子玉川に向かう。

『ルチアーノ』は造作なく見つかった。

半沢は店の駐車場にスカイラインを入れ、奈穂と一緒にイタリアン・レストランに足を踏み入れた。北イタリアの農家を模したインテリアで、店内は割に広かった。

半沢はウェイトレスのひとりに声をかけ、オーナーシェフに取り次《つ》いでくれるよう頼んだ。

少し待つと、梯がやってきた。半沢は身分を明かし、千春と瀬沼が事件当日、来店したかどうか確かめた。

「お二人とも間違いなく、その日の午後五時ごろから八時過ぎまでいらっしゃいましたよ。わたしひとりの証言では瀬沼君たち二人のアリバイは立証しにくいでしょうから……」

オーナーシェフはそう言い、四人のウェイトレスをひとりずつ呼んだ。彼女たちの証言は一致していた。

「ご協力ありがとうございます。来たついでに何かパスタを食べて帰ります」

半沢は梯に言って、奈穂とテーブル席についた。

ウェイトレスが注文を取りに来た。半沢は茸《きのこ》と鮭《さけ》のクリームソース掛けパスタ、奈穂はベーコンとほうれん草のチーズクリーム掛けペンネを頼んだ。

「福山千春と瀬沼翼はシロと考えてもよさそうですね」

奈穂が小声で言った。

「仕事熱心も結構だが、こういう場所では職務に関する話は……」

「あっ、いけない。うっかり忘れていました」

「罰《ばつ》として、なぞなぞ問題を解いてもらうぞ」

「親方、なんか嬉《うれ》しそうですね。子供みたいで、かわいい！」

「言いたくても喋《しゃべ》れないのに、言いたくなくても口に出してしまうものって、なあんだ？」

「わかりました。答えは、寝言《ねごと》でしょ？」

「当たりだ。人間は負け知らずのままだと、無意識に自信過剰になる。逆に負けつづけると、つい卑屈《ひくつ》になってしまう。何事も、ほどほどがいいんだろう」

「そうなのかもしれませんね」

二人は雑談を交わしはじめた。

話題が尽《つ》きたとき、タイミングよくオーダーしたパスタが運ばれてきた。半沢たちはすぐ食べはじめた。

「音を立てないでスパゲッティを喰《く》うのって、案外、難しいんだよな」

「係長も、ペンネにすればよかったんですよ」

「ペンネ？　ああ、マカロニの形をしたパスタか。蝶《ちょう》みたいな形をしたパスタも入ってるんだな」

「これは、ファルファッレというんですよ」

「パスタに精《くわ》しいんだな」

「よくパスタ料理は食べてるんです。このチーズクリーム、最高だわ。ゴルゴンゾーラ、ダナブルー、パルミジャーノ・レジャーノ、ゴーダ、クリームと六種類のチーズが贅沢《ぜいたく》に使われてるんです」

「そんなことまでわかるのか⁉」

「ええ、一応」

「びっくりだな。イタリア人の男とも結婚できそうじゃないか」

「男性は国産がいいですよ。言葉や文化の違いを克服するのは大変でしょうからね」

「そうだろうな」

「親方の上の息子さんは、二十六歳でしたよね？　そのうち、紹介してくださいよ」

「長男は、つき合ってる彼女がいるみたいなんだ。相手のことは詳《くわ》しく知らないんだがな」

「あら、残念！　下の息子さんは二十四歳でしたっけ？」

「そう。でも、次男は映像作家志望で、その夢が叶《かな》うまで結婚する気はないと言ってるんだ」

「そうなんですか」

「あの調子じゃ、生涯、夢追い人で終わりそうだな。サラリーマンになった長男はそれなりに順応性《じゅんのうせい》があるんだが、次男は自我《じが》が強くてね。他人と適当に折り合いをつけられない性質《たち》なんだよ」

「わたしは、そういう無器用な男性のほうが好きです」

「しかし、生活力がまるっきりない男も困るだろう？」

「ええ、まあ。でも、もう少しで夢に手が届きそうなら、たとえ無収入でも物心の両面でサポートしたくなるかもしれません」

「きみは気立てがいいんだな。うちの次男坊は才能云々《うんぬん》以前に世渡りが下手だから、一生、夢は摑《つか》めない気がするね」

「親がそんなことを言っては駄目ですよ。夢に向かって突っ走ってる子供に常にエールを送ってやらなければ……」

「そうだな、そうするか。それはそうと、きみと一緒に町田署《うち》に刑事実習に来てた神林《かんばやし》真吾《しんご》はどこに配属されたんだい？」

「日野南署の生活安全課です」

「そう。あの彼は、そっちに気があるように見えたが、きみのほうはどうなの？」

「彼は警察学校で同期だったというだけで、異性として意識したことなんか一度もありません。だいたい神林君は女にだらしがないみたいだから、ノーサンキューです。あいつ、警察学校の寮にいるとき、女子のほとんどに言い寄ってたみたいなんですよ」

「女好きは死ぬまで直らないって言うから、確かに問題はあるね。先のことはなんとも言えないが、いまは彼、間違いなく伊織に惚《ほ》れてるな。少しつき合ってみたら？」

「いやですよ」

「会うたびに口喧嘩《げんか》してた小学校の同級生の男女が結婚して、子供を六人もこさえたケースがある。いまや二人は、おしどり夫婦として鴨川市内では有名なんだ」

「わたしと神林君は絶対にそんなふうにはなりません。ええ、言い切れます」

奈穂が、むきになって言った。思わず半沢は笑ってしまった。

あらかた食事が終わったとき、宇野から電話がかかってきた。半沢は奈穂に断《ことわ》って、店の外に出た。

「メダルの製造をやってる奈良敦夫に何か動きがあったようだな。メッキ加工業者の工場に忍び込んだことがはっきりしたのか？」

「いいえ、そうじゃないんですよ。『ピースファイナンス』に多額の借金があるのに、奈良が新車を納入させてたんです。それも、高級車のレクサスなんですよ」

「急に羽振りがよくなったな」

「ええ、そうですね。で、おかしいと思って、森君に『ピースファイナンス』の返済をチェックしてもらったんですよ。そしたら、きょうの午前中に九百数十万の金を一括《いっかつ》返済してました。怪しいでしょ？」

「そうだな」

「奈良は被害者の福山常昌の致命的な弱みを握って、何日か前に一千五百万円前後、強請《ゆす》り取ってたんじゃないんですかね。それで福山に仕返しされることを恐れて、先に毒殺した。そして、きょう、借りてる金を全額返済したとは考えられませんか？それでついでに、レクサスも納入させた」

「急に金回りがよくなったことは気になるな」

「ちょっと奈良を揺さぶってみてもいいですか？」

宇野が許可を求めてきた。

「それは、おれがやろう。相手を怒らせたら、後で面倒なことになるからな」

「親方がこっちに来てくれるんですね」

「ああ、伊織巡査と大和市に向かうよ。いま二子玉川にいるから、四十分以内にはそっちに行けるだろう」

半沢は電話を切り、店の中に戻った。奈穂に手短に経緯《いきさつ》を話し、二人分の勘定を払った。

「係長、割り勘にしてください」

「後でいいよ、金は。急ごう」

「はい」

二人は慌《あわ》ただしくスカイラインに乗り込んだ。

イタリアン・レストランから遠ざかってから、半沢は屋根《ルーフ》に赤色灯を載《の》せた。サイレンを響かせながら、国道二四六号線を直進する。町田市を突っ切り、大和市内に入った。

奈良の自宅兼工場に着いたのは、およそ三十分後だった。奈良宅の近くには、宇野と森が張り込んでいた。

半沢は森と奈穂を路上に待機させ、宇野と奈良宅に入った。工場の脇には、灰色のレクサスが駐《と》められている。

「町田署の者です。奈良敦夫さん、ちょっとよろしいですか」

宇野が工場の出入口に立ち、大声を張り上げた。待つほどもなく五十年配のずんぐりとした体型の男が姿を見せた。作業服姿だ。

「強行犯係の半沢です。あなたが奈良敦夫さんですね？」

「ええ、そうです」

「『ピースファイナンス』の利払いにも困ってたみたいだが、急に余裕ができたようですね。レクサスを購入し、きょうの午前中には消費者金融の借金を返済されてる」

「不審に思われたんでしょうね？　無理もありません。しかし、わたしは手が後ろに回るようなことはしてませんよ」

「宝くじの特賞でも射止《いと》めましたか？」

「そう、そうなんですよ！　妻が夕食のおかず代をケチって買った五枚の宝くじの一枚が二千万の当たり券だったんです。これが、そのときのくじ券です」

奈良が作業ズボンのポケットからスマートフォンを取り出し、ディスプレイに写真を再生させた。宇野が覗《のぞ》き込み、当たり番号を手帳に書き留《と》めた。

「崖《がけ》っぷちで、わたしは救われたんです。嘘《うそ》のような話ですが、事実なんですよ。みずほ銀行に問い合わせてもらえば、わたしの妻が買った宝くじが特賞を射止めたことはわかるでしょう。刑事さんたちは、わたしが金に困って、パチンコ景品交換所でも襲ったと思ったんではありませんか。そんなふうに疑われても、別に怒りませんよ。わたしら夫婦も、いまも夢を見てるような気なんですから」

「あなたは強運の持ち主なんだな」

半沢は奈良に言って、かたわらの宇野に目配せした。引き揚げようという合図だった。

2

ホワイトボードに文字が書き込まれた。

戸浦亜美のフルネームだった。奈穂は末席から、本庁の須貝警視の角張った顔に目を向けていた。

捜査本部だ。人いきれで息苦しい。捜査一課と所轄署の刑事が顔を揃えていた。

大和市から署に戻ったのは数十分前だった。

帰りがけ、宇野刑事がみずほ銀行本店の宝くじ部に問い合わせの電話をかけた。その結果、奈良敦夫の供述に偽りがないことが判明した。

「消去法でいくと、被害者の愛人だった山路彩香、妻の千春と不倫相手の瀬沼翼、そして奈良敦夫の四人は捜査対象から外してもいいだろう。となってくると、この戸浦亜美が残るわけだ」

須貝がそう言いながら、マーカーで亜美の名を囲った。と、ホワイトボードの反対側に立った志賀警部が悔やむ顔つきになった。

「正午過ぎに戸浦亜美を帰宅させたのは失態でした。亜美は父親のメッキ工場から一グラムの青酸カリを無断で持ち出したことを認めたわけですから、窃盗容疑で身柄を勾留《こうりゅう》すべきでしたね」

「微妙なところだな。そうしていれば、亜美は高利貸しの福山を毒殺したことを認めたかもしれない。しかし、青酸カリをくすねたことだけで身柄を拘束したことがマスコミに漏《も》れたら、警察が叩《たた》かれかねんからな」

「ええ、まあ。警察《サツ》回りの新聞《ブン》記者《ヤ》たちはわれわれとしょっちゅう飲み喰いしてるくせに、国家権力には根の部分で反発してるようですからね」

「報道記者たちは誰も強《したた》かだよ。われわれとは持ちつ持たれつの関係なのに、捜査ミスが表沙汰《ざた》になると、たちまち正義を振り翳《かざ》す。基本的には、われわれの敵だね。そんな連中に捜査の行き過ぎだなんて書かれたら、後がやりにくくなる」

「ええ、そうですね」

「志賀君が戸浦亜美をいったん泳がせたことは別に判断ミスじゃない。むしろ、賢明な判断だったと思うよ」

「そう言っていただけると、気持ちが少し軽くなります」

「そうか。話を元に戻すが、亜美は盗んだ青酸カリで自殺する気だったと言ってたんだな？」

「はい、そうです。妻子持ちの男との恋愛に疲れたんで、自《みずか》らの命を絶《た》つ気になったと供述してます。しかし、死ぬことが怖くなって、青酸カリを勤務先の水洗トイレに流したと……」

「不倫相手のことを具体的に話したのか？」

須貝警視が訊《き》いた。

「いいえ、具体的なことは何も喋ろうとしませんでした。月岡と鈴木が亜美の同僚たちに会ったのですが、不倫相手のことを知ってる者はひとりもいないという話でした」

「不倫相手なんか実在しないのかもしれないな」

「ということは、亜美が捜査の目を逸《そ》らす目的で作り話を……」

「その可能性もありそうだな」

「ええ、そうですね」

志賀が相槌《あいづち》を打った。

森刑事は耳を塞《ふさ》ぎたいような気分だろう。

奈穂は少し前屈《まえかが》みになった。二つ離れた席に腰かけた森は険《けわ》しい顔つきで、須貝と志賀を交互に睨《にら》みつけていた。ふだんの彼が見せたことのない表情だった。

「亜美が妻子のいる男と交際していなかったら、青酸カリは自殺用じゃないな」

須貝が断定口調で言った。すぐに志賀が口を開いた。

「最初から福山常昌を毒殺するつもりで、父親のメッキ工場から青酸カリを勝手に持ち出したんでしょうかね」

「ああ、そうなのかもしれない。戸浦亜美を重要参考人として、徹底的にマークすべきだろうな」

「わかりました」

「割り振りは志賀君に任せよう」

須貝がそう言い、ホワイトボードの横の長いテーブルに向かった。

窓側には、小杉課長が坐っている。だが、一度も発言はしていなかった。本庁と所轄署の力関係を見せつけられたようで、奈穂は何か遣《や》り切れない気持ちになった。

「ちょっといいですか」

森刑事が志賀に断って、すっくと立ち上がった。

「なんだ？」

「自分と戸浦亜美は幼馴染《おさななじ》みなんです」

「それだから？」

「亜美が親父さんの工場から青酸カリを一グラムほど無断で持ち出したと供述したなら、それはその通りでしょう。しかし、彼女は人殺しなんかできませんよ」

「幼馴染みの肩を持ちたい気持ちはわかるが、人間はいつまでも子供の心のままじゃないんだ。大人になれば、誰だって思惑《おもわく》、打算、積年の恨《うら》みなんかで、憎しみや妬《ねた》みを懐《いだ》くようになるんだよ」

「自分は十代の少年ではありません。そんなことはわかっています。しかし、三つ子の魂《たましい》百までと言います。幼児のときの性格は、いくつになっても基本的には変わらないと思います。亜美は思い遣りがあって、誰に対しても優しく接する娘《こ》だったんです。あいつが人殺しなんかするわけありませんよ。自分が自信を持って言い切れます」

「そう言われてもな。戸浦亜美には不審な点がある。『仙華堂』で買った最中《もなか》をゴムマスクを被《かぶ》った中年男にそっくり奪われたと言ってるが、その犯行を目撃した証人は見つからなかった」

「たまたま運悪く人通りが絶《た》えたとき、最中の入った手提《てさ》げ袋を引ったくられたんでしょう」

「田舎の林道じゃないんだぞ、現場は。そんなことがあるわけないだろうが！」

「志賀警部は、亜美が最中を横奪《よこど》りされたって話は嘘だと言うんですかっ」

森も語気を荒《あら》らげた。斜め前に坐った半沢係長が振り向いて、低い声で森をなだめた。

「半沢係長、余計なことはしないでもらいたい」

志賀が言った。

「うちの森が声を張ったのは、そちらが感情的な口調になったからでしょう。若い連中はキレやすいんですよ。警察官だって、例外じゃない。いつもの森は、実に温厚なんだ。あなたが喧嘩腰になったので、つい頭に血が昇っちゃったんでしょう」

「こっちの職階は警部なんだ。位《くらい》の低い者にも、です・ます調で喋らなきゃならないのかっ」

「そうは言ってないでしょ！　格下《かくした》の刑事の神経を逆撫《さかな》でするのは少し大人げないと言いたかったんですよ」

「半沢係長、いい加減にしてくれ！」

小杉課長が大声で諌《いさ》めた。半沢は片手を挙げ、森に小声でアドバイスした。

「言いたいことがあったら、ちゃんと言え。そうじゃないと、ストレスが溜《た》まるからな」

「はい」

森が大きくうなずいた。そのとき、前方の席についていた月岡警部補が勢い込んで立ち上がった。

「森巡査部長、おまえ、何様のつもりなんだっ。きさまは、本社の須貝警視に楯突《たてつ》いてることになるんだぞ」

「自分は一刑事として、卒直な意見を述べ《の》ただけですよ」

「なめやがって。本庁の捜査方針が気に入らないってわけだ？　上等じゃないか。売られた喧嘩は買うよ、桜田門は」

「腹下《くだ》し男は引っ込んでろ！」

半沢が怒鳴《どな》った。凄《すご》みのある声だった。

月岡は口を尖《とが》らせたが、黙って腰を椅子《いす》に戻した。

「言いたいことを言えよ」

志賀が森に声をかけた。冷静さを取り戻したらしく、口調は穏《おだ》やかだった。

「物言《ものい》いが乱暴になったことは謝ります。すみませんでした」

「そのことは、もういい。それより、思ってることを正直に言ってくれ」

「はい。自分は、亜美が不倫相手のことを明かそうとしないのは、彼女の思い遣りなんだと思います。相手の氏名や連絡先を教えたら、彼氏の妻や子供に浮気のことが知られてしまうかもしれませんし」

「ああ、そうなるだろうな」

「亜美自身は彼氏の妻子に済まないという気持ちを持ってたから、不倫の事実を明かしたら、好きな相手の家族を二重に傷つけることになると考えたんでしょう。そういう娘《こ》なんですよ、亜美は」

「妻子持ちの男とつき合っている女は、もっと考え方が利己的なんじゃないのか？　他人の旦那《だんな》を盗《と》ったわけだからな」

「多分、亜美は相手に家庭があるとは思ってなかったんだと思います。相手の男に心を奪われてから、妻子持ちであることを知ったんでしょう。その時点で、彼女は身を退《ひ》こうとしたにちがいありません」

「しかし、相手をすでに深く愛してしまったんで、それもできなかった？」

「ええ、そうなんでしょうね。だから、亜美は悩み抜いた末、自殺する気になった。親父さんの工場から青酸カリを盗み出したものの、自死することはできなかった。それで、職場の水洗トイレに毒物を捨てたんでしょう」

「そっちはそう思いたいだろうが、亜美は福山殺しの件で自分が警察に疑われてることは知ってるはずだ。殺人に関して無実なら、不倫相手のことを打ち明ける気になるだろうが？　その彼氏のことを話さなかったら、もっと殺人容疑が濃くなるわけだからな」

「亜美は福山を殺《や》ってないから、殺人罪で起訴されることはないと考えてるんでしょう。だから、不倫相手のことを頑《かたくな》に話そうとしないんですよ。そうに決まってます」

「根拠があるわけでもないのに、そういうことを軽々しく言うな。戸浦亜美が真犯人じゃなかったとしても、彼女をマークする必要はある。被害者の福山が青酸カリが混入された最中を喰って死んだことは、はっきりしてるんだ。それから、亜美が父のメッキ工場から一グラムの青酸カリを無断で持ち出した事実も消しようがない」

「ええ、そうですね」

「彼女が妻子持ちの男に死ぬほどのめり込んでるのかどうか調べなきゃ、捜査はいっこうに進展しない。そのことはわかるな?」

「もちろん、わかりますよ。しかし……」

「そっちが幼馴染みの戸浦亜美を追い詰めるようなことはしたくないと思ってるんだったら、捜査から外れてもかまわんよ。半沢係長とよく相談してくれ」

「わかりました」

森が力なく答え、ゆっくりと着席した。苦悩の色が濃い。

志賀が自分の部下たちに張り込み場所を指示しはじめた。草刈が志賀に手招きされた。

「おれたちは二階に戻ろう」

半沢が部下たちに言った。奈穂は真っ先に立ち上がった。今井、堀切、森、村尾、宇野が相前後して腰を浮かせた。

　半沢を先頭にして、強行犯係のメンバーは刑事課のフロアに降りた。午後五時数分前だった。奈穂は村尾に手伝ってもらって、居合わせたメンバー分の緑茶とコーヒーを淹《い》れた。全員が自席につくと、半沢係長が森刑事に顔を向けた。

「四、五日、休暇を取るか？」

「えっ⁉」

　森は驚きを隠さなかった。部下の中で最も年上の今井が、森の肩口に軽く手を当てた。

「そうしろよ、森君」

「今井さんは、亜美が福山を毒殺したと疑ってるんですか？」

「まだ断定的なことは何も言えないな。ただ、状況証拠は戸浦亜美には不利だろう」

「おれ、亜美は潔白《けっぱく》だと信じてます。亜美は子供のころから自己犠牲を払ってでも、他者を庇《かば》うタイプだったんですよ」

「だから、不倫相手に迷惑をかけたり、その家族を悲しませたくなくて、恋愛については何も話そうとしないと言いたいんだな？」

「絶対にそうですよ。小学校を卒業するまで亜美とは毎日のように一緒に遊んでましたし、中学生になっても、お互いの家をよく行き来してました。だから、彼女のことはよくわかるんですよ。高校生になってからは何となく照れ臭くて、顔を合わせる回数が少なくなりましたけどね」

「森君が言ってたように、人間の性格そのものは大きくなっても変わらないだろう。だけどさ、物の見方や考え方は成長とともに少しずつ変わるものだぜ」

「ええ、人生観なんかは微妙に変化しますよね。そのことは、よくわかりますよ。しかし、凶暴性が突然、生まれたりしないでしょ？」

「それはわからないぞ。人間は所詮《しょせん》、感情の動物だからね。理不尽な目にたびたび遭《あ》ったり、不当な扱いを受けつづけたら、心の奥底で眠っていた獣性が目覚めるだろう」

「戸浦亜美は、叔父の借金を肩代わりさせられた父に同情して、福山に金利を下げてくれと何度も頭を下げた」

　堀切が話に加わった。

「ええ、そうらしいですね」

「しかし、福山は卑劣《ひれつ》にも亜美を横浜の料理旅館に呼びつけて、体を奪おうとした。それが失敗に終わったんで、今度は事件前に『ルル』で自分の愛人になれば、金利を下げてやってもいいと言いだした。亜美は何度も屈辱感を味わわされたわけだよ」

「堀切さん、何が言いたいんです？」

「戸浦亜美が福山に殺意を懐《いだ》いたって、それほど不思議じゃないよな」

「遠回しに亜美が『ピースファイナンス』の社長に毒を盛ったんじゃないかと言ってるんですね」

「可能性はゼロじゃないと言いたかっただけさ」

「みんなが亜美を疑っても、おれは彼女を信じます。亜美は無実ですよっ」

森がもどかしげに叫んだ。涙声だった。

奈穂は胸を衝《つ》かれた。男が人前で泣くことは稀《まれ》だ。なにか森に言葉をかけてやりたかった。しかし、あいにく適当な台詞《せりふ》が浮かばない。

「それだったら、幼馴染みの無実を晴らしてやれよ」

半沢が静かに森に話しかけた。

「ええ、そうしてやります。これから忠生の亜美の自宅に行って、おれには真実を話せと言ってやります」

「自宅を訪ねるのは考えものだな。捜一《そういち》の連中に見られたら、あらぬ疑いをかけられるだろうからな」

「親方、どういう意味なんです？」

「そっちが無条件で戸浦亜美を庇う気になって、彼女にいろいろ知恵を授《さず》けるかもしれないと警戒されるだろうってことさ」

「そこまで情《じょう》に流されたりしませんよ。自分は刑事なんです。仮に亜美が福山を毒殺したんだとしたら、ちゃんと説明して彼女を出頭させます」

「そうだよな。とにかく、亜美とは本庁の旦那方が張り込んでない場所で会うか、電話かメールを使うべきだろうな」

「わかりました」

森が大声で返事をした。もう涙声ではなかった。

「みんな、夕飯を喰ってこい。その後、捜査の段取りを決めよう」

半沢が煙草をくわえる。部下たちが思い思いに刑事課から出ていった。

奈穂はトイレに寄ってから、署を出た。暑さは少し和《やわ》らいでいた。

研修時代によく通った定食屋に向かいかけると、物陰から神林がぬっと現われた。

「びっくりさせないでよ。こんな所で何してるの？」

「おまえを待ってたんだよ。おれ、きょうは非番なんだ」

「気やすくおまえって言わないでって、二十回は言ったはずだけど。わたしは神林君の彼女じゃないのよ！　単に警察学校で同期だった間柄なんだからね」

奈穂は頬を膨《ふく》らませた。

「わかってるって。けどさ、伊織のほうが一つ年下なんだから、おまえでいいじゃねえか」

「男同士なら、それでもいいでしょうね。でも、わたしは女なの。だから、彼女みたいな呼び方されると、むかつくのよ」

「相変わらず、気が強いな。でも、伊織の場合は勘弁してやるよ。ほかの女が生意気《なまいき》な口を利《き》いたら、張り倒すけどな」

「何よ、偉そうに。それはそうと、わたしに何か用？」

「別に用事があるわけじゃないけどさ、なんとなく伊織の顔を見たくなったんだ。どこかで、お茶しようぜ」

「そんな時間ないわ。急いで夕食を摂《と》ったら、すぐに職場に戻らなきゃなんないんだから」

「なら、おれも飯をつき合う」

「いいわよ。ひとりでのんびりと食事したいんだから」

「愛想ねえな。府中の警察学校で同じ釜《かま》の飯を喰った仲じゃないか。たまには、飯ぐらいつき合えって」

神林が先に歩きだした。奈穂は押し切られる形で同行する気になった。しかし、馴染みの定食屋に神林を案内する気持ちにはなれなかった。

二人は旭町交差点の先にある小さな洋食屋に入った。

奈穂は、すぐさま店内を見渡した。幸いにも、同僚の刑事の姿はなかった。二人は出入口に近いテーブル席につき、どちらもハンバーグライスをオーダーした。

「そっちが町田署に異動になったと風の便りで知って、びっくりしたよ。前例のない異動だからな。おふくろさんの弟が警察庁の有資格者《キャリア》だから、伊織の希望が早く叶ったんだろうな。その叔父さんにおれも同じ所轄署で働けるよう頼んでくれよ」

「神林君、何を考えてるの？」

「おれさあ、どうも本気で伊織に惚れちゃったみたいなんだ」

「だから？」

「つき合ってくれよ、恋愛相手としてさ」

「無理、無理！」

「どうして？　好きな男ができたのか？」

「そうじゃないわ。だけど、絶対に無理よ。だって、神林君と会ってても少しも胸がときめかないもの。恋愛は、ときめきからスタートしないとね」

「おれは、スルメ男なんだ」

「噛《か》んでるうちに、だんだん味が出てくる？」

「そう！　そのうち、いい味利かせると思うよ」

「最初に胸のときめきを感じなきゃ、話にならないわ」

「まるっきり脈なしか？」

「悪いけど、そうね」

「ショックだなあ。伊織と寮で同室だった室岡由起《むろおかゆき》は、八王子署の少年係だったな。あいつ、まだ彼氏はいないんだろ？」

「と思うけど、由起に近づいたら、わたし、邪魔するわよ」

「おっ、嫉妬《しっと》してるんだ？　少しは伊織も、おれに気があるみたいだな。嬉しいよ」

「勘違いしないで。申し訳ないけど、神林君にはまるっきり興味なしよ。A子が駄目なら、B子を口説《くど》いてみるかって考えてる男なんか信用できないわ。だから、由起にちょっかい出してもらいたくないのよ。それだけ！」

「そういうことか。つまんねえの」

神林がぼやいて、ラークに火を点《つ》けた。

大急ぎでハンバーグライスを平らげたら、すぐに神林と別れよう。

奈穂はコップの水で喉《のど》に流し込んだ。

3

痰《たん》が喉に絡《から》んだ。

煙草の喫《す》い過ぎだろう。半沢はセブンスターの火を揉《も》み消した。

刑事課の自席だ。午後七時過ぎだった。強行犯係のブロックには、自分のほかに今井と伊織しかいない。ブロックは、仲間うちで〝島《しま》〟と呼ばれている。

堀切、宇野、村尾の三人は、戸浦亜美の友人や同僚の自宅を訪ねているはずだ。その聞き込みで、亜美の不倫相手が判明するかどうかは五分五分だろう。

草刈は本庁の志賀とペアを組んで、戸浦宅を張り込んでいる。森は何らかの形で、亜美との接触を試《こころ》みているにちがいない。

「お茶、淹れ直しましょうか？」

隣席で、奈穂が言った。

「いや、いいよ。それより、警察学校の同期生の神林と洋食屋で一緒に夕飯を喰ったみたいだな」

「どうして知ってるんですか⁉　わたし、先輩の誰かに尾行されてたのかしら？」

「まさか⁉　洋食屋の並びにあるラーメン屋から、宇野がきみら二人を見かけたらしいんだ」

「そうだったんですか。まずいとこを見られちゃったな」

「神林君とは恋仲だったんだ？」

「いいえ、そうじゃないんです。ただの同期ですよ、彼は。でも、少しわたしに気があるみたいなんです。だけど、こちらは神林君を異性と意識したことなんか一度もありません。だから、二人だけで食事をしたことでデートをしてたと誤解されては困ると思ったわけです」

「そうなのか。しかし、嫌いな相手とは二人だけで飯を喰う気にはならないだろう？　そっちも少しは……」

「関心はありません、神林君には」

「また、むきになって否定したな。それが怪しいんだよな」

半沢は奈穂をからかった。奈穂が早口で、ふたたび異論を唱《とな》えた。

そのすぐ後、机上に置いたポリスモードが鳴った。

半沢は刑事用携帯電話を手に取った。発信者は森刑事だった。

「亜美と午後八時に森野五丁目の『ジョナサン』で落ち合うことになったんですが、自宅を張られてるんで、いまの状態では外出できないと言ってるんです。親方、なんとかなりませんか？」

「戸浦宅の前方には志賀と草刈のペア、後ろには本庁の月岡と鈴木の二人が張り込んでるんだよ」

「そうですか」

「森君の幼馴染みは、約束のファミリーレストランにバスで行くつもりでいるのかな？」

「いつも亜美はパーリーピンクのヴィッツで出かけてますから、それでファミレスに向かうと思います」

「彼女の母親は運転免許は持ってるのかな？」

「ええ」

「だったら、母親にキャップを被ってヴィッツで出かけてもらってくれ。反則技《はんそくわざ》を使おう」

「張り込み中の二組がヴィッツを追尾《ついび》しはじめた後、亜美にこっそり家を抜けさせるんですね？」

「ああ、そうだ。草刈に電話をして、その作戦を伝えておくよ」

「草刈さんは協力してくれるでしょうが、本社の志賀警部にバレたら、親方の立場が悪くなるでしょ？　彼のことだから、所轄が手柄を立てたくて汚い手を使ったと騒ぐでしょうからね」

「そのことは心配するな。なんとかうまくやるよ。それより、森君は早く戸浦亜美に連絡をして、予定通りに『ジョナサン』で会って真相を探《さぐ》り出してくれ」

半沢はいったん通話終了キーを押し込み、すぐに草刈のポリスモードを鳴らした。ツーコールで電話は繋《つな》がった。

「いま、覆面《メン》パトの中か？」

「はい」

「それじゃ、横に志賀警部がいるわけだな？」

「ええ、そうです」

「車の外に出てくれ。緊急連絡事項があるんだ」

「わかりました」

草刈が公用車から降りる気配が伝わってきた。走る靴音も響いてくる。

「親方、どうぞ話をつづけてください」

「これから反則技を使うぞ」

半沢はそう前置きして、詳しい話をした。

「戸浦亜美の母を娘に見せかけるんですね？」

「そうだ」

「わかりました。われわれは、その車を尾《つ》けることにします。月岡と鈴木のペアも、ヴィッツを追うように仕向ければいいんですね？」

「そういうことだ」

「親方も大胆なことをやるなあ。本庁の捜査員たちを欺《あざむ》くわけですから」

「別に点取り合戦で汚い手を使うわけじゃない。森は戸浦亜美をシロだと信じてるんだ。それだから、彼は亜美が疑われてることに腹も立ててる。それはともかく、森は亜美から直《じか》に真相を喋ってもらいたいはずだろうから、上司としてはそれを叶えてやりたいんだ」

「親方は俠気《おとこぎ》があるからな」

「反則技のことが発覚したときは、おれが全責任を負う。部下たちには迷惑かけないよ。草刈、うまくやってくれ」

「任せてください」

草刈が先に通話を切り上げた。半沢は今井と伊織に事情を説明した。

二人の部下は反対する素振りさえ見せなかった。半沢は、それが嬉しかった。強行犯係の仲間は、誰もが森の苦悩を察《さっ》しているのだろう。

「親方は『ジョナサン』の駐車場で張り込んで、森君と別れた後の戸浦亜美を尾行するつもりなんですね？」

今井が訊いた。

「さすがベテランだな。そうするつもりだよ。心理的に追い込まれた亜美が交際中の男に何か相談するかもしれないからな」

「それ、考えられますね。ええ、きっと亜美は不倫相手とどこかで落ち合うにちがいありません」

「その妻子持ちの男のことがわかれば、新たな手がかりを得られるような気がしてるんだよ」

半沢は冷めた緑茶を飲んだ。渋みは、だいぶ薄れていた。

それから間もなく、半沢は奈穂を伴って刑事課を出た。スカイラインに乗り込み、森野に向かう。

署の前の鎌倉街道を国道十六号線方向に進み、妙延寺《みょうえんじ》の角の交差点を右折する。左折すれば、市民ホールの先にある小田急町田駅バスセンターにぶつかる。

バスセンターに面して西友があり、バス通りにはセントラルホテルや三井生命の高層ビルが並んでいる。駅の向こう側ほど飲食店は多くないが、それでも寛《くつろ》げる喫茶店やバーがある。

町田駅前通りを走ると、森野五丁目交差点の先に目的のファミリーレストランが見えてきた。左側だ。

半沢は覆面パトカーを店の広い駐車場に入れた。店は嵌め殺しのガラス張りで、中がよく見える。まだ森も亜美も来ていないようだ。半沢はヘッドライトを消した。

五分ほど経過したころ、森が姿を見せた。車ではなかった。森は駐車場側のボックスシートに腰かけた。

注文したアイスコーヒーが届けられたとき、ファミリーレストランの出入口の前にタクシーが停まった。

降りた客は亜美だった。麻のライトグレイのパンツスーツ姿だ。

亜美は森の顔を見ると、安堵《あんど》したような表情を見せた。森の顔つきも柔和だった。

二人の間には、兄妹《きょうだい》のような雰囲気が漂《ただよ》っていた。

「二人は兄妹か、従兄妹《いとこ》同士みたいだな」

「そうでしょうか。わたしの目には、プラトニックラブをしてるカップルに見えますけどね」

「そうか」

　奈穂が言った。

「少なくとも、森先輩のほうは彼女のことを単なる幼馴染みとは思ってないんだと思います」

「恋愛感情を懐いてる？」

「ええ、そう感じます。でも、小さいころから親しくしてきたので、森先輩は胸の熱い想《おも》いを打ち明けることができなかったんでしょうね」

「照れが先に立ってか？」

「多分、そうなんでしょう。亜美さんのほうも、かつては森先輩に恋い焦《こ》がれた時期があったんじゃないかしら？　中学生か高校生のころにね。ううん、もしかしたら、いまも彼女にとって、森先輩はかけがえのない男性なのかもしれませんよ。だけど、ずっと告白するチャンスがなかった」

「そうだとしたら、なんだか切ない話だな。男も女も一番好きな相手とは結ばれないケースが多いと言われてるが、切なすぎると思わないか？」

「思います、思います。もしかしたら、二十年越しの想いなんでしょうからね」

「だとしたら、あの二人をなんとかくっつけてやりたくなってきたな」

半沢は言った。

「わたしも、半分はそう思っています。でも、残りの半分はいまの関係のままのほうがいいような気がしています」

「なんで？」

「恋愛体験が多いってわけではないんですけど、男女が親密な間柄になると、きれいごとじゃ済まなくなってきますよね？」

「そうだな。どっちも少しずつ本性《ほんしょう》を晒《さら》すようになるから、時に感情の擦《す》れ違いが生まれる。修復できないときは痼《しこ》りになるし、最悪の場合は埋めようのない深い溝ができてしまう」

「そうですよね。その結果、破局を迎えるカップルも出てくるわけでしょ？」

「そうだな」

「何年か前にエッセイで読んだんですけど、ある作家が『結ばれないが、生涯、終わることのない恋愛が最高なのではないか』と綴《つづ》ってたんですよ」

「へえ。それが恋愛の極致《きょくち》だってことか」

「そうなんでしょうね。そういうピュアな恋愛は、片想いかプラトニックラブしかあり得ないと結んでました」

「そう。逆に言うと、性的に結ばれちゃったら、永遠《とわ》の愛は絶対に得られないってことなんだろうな」

「そこまでは書かれてませんでしたけど、体を許し合うってことはお互いに心も剝《む》き出しにするわけだから、やがて不協和音を出すようになるのは仕方ないというニュアンスのことは書かれてました」

「なるほど、その通りなのかもしれないな。どんなに惚れ合った男女でも完全無欠じゃないわけだし、価値観がすべて同じなんてことはあり得ない。当然、感情の行き違いは出てくる」

「そうですよね」

「しかし、待てよ。そういう対立をなくしてくれるのが異性愛なんじゃないのか。確かに片想いやプラトニックラブには終わりはないかもしれない。しかし、男と女がせめぎ合いながらも、メンタルな部分で繋がってる。それが愛の基本だろう？　負《ふ》の感情をぶつけ合わない片想いやプラトニックラブは、真の恋愛とは呼べないいんじゃないのか」

「あっ、そうなるわけですね。さっき話した作家の恋愛観は、ちょっと稚《おさな》いのかな？」

「多分、その作家はハートじゃなくて、頭で恋愛してきたんだろうね。だから、ロマンティックな発想になっちゃうんだと思うよ」

「そうなのかもしれませんね。それにしても、森先輩の切なさがわかるような気がします」

奈穂の声には、同情と労《いたわ》りが込められていた。

半沢はパワーウインドー越しに森と亜美を見た。森が前屈みになって、亜美に何か問いかけていた。亜美が小さくうなずいたり、首を横に振ったりしている。

「読唇術を心得てれば、二人の会話の内容がわかるんですけどね」

「そうだな。どうせ後で、森がどんな遣り取りをしたか教えてくれるだろう」

「ええ、そうでしょうね。でも……」

「でも、なんだ？」

「意地の悪いことを言うようですけど、森先輩は会話の一部始終を半沢係長に報告しないかもしれませんよ。亜美さんに不都合《ふつごう》になるようなことは言わないんではありませんか」

「そうだろうな」

「仮に彼女がクロだったとしたら、森先輩はどうするのかしら？　相手を前科者にしたくないという気持ちが強く働いたら、逃亡の手助けをしちゃうかもしれませんね」

「森は現職の刑事だぞ。いくらなんでも、そこまではやらないだろう」

「わたしもそうは思っていますけど、恋心が理性を狂わせることもあるんじゃないですか。恋愛絡《がら》みの犯罪の加害者の多くは感情に負けて、事件を引き起こしてるようですから」

「それは間違いないが、森がそこまで分別のない行動に走るわけないよ」

「そうだといいですけど」

「おれは、あいつを信じてる」

半沢は言い切ったものの、次第に不安になってきた。

若いうちは恋情に左右されやすい。警察官であっても、常に冷徹でいられるわけではないだろう。まだ二十代の森刑事が情《じょう》に絆《ほだ》されても不思議ではない。

殺人容疑者を逃亡させたら、刑事としての前途は黒く塗り潰《つぶ》されることになる。どうか戸浦亜美はシロであってほしい。

半沢は密《ひそ》かに祈った。

森が店から出てきたのは、およそ三十分後だった。亜美は席に坐ったままだ。森は歩いて『ジョナサン』から遠ざかっていった。

半沢は森のポリスモードを鳴らした。

「おれと伊織巡査は『ジョナサン』の駐車場にいたんだよ。で、どうだった？」

「やっぱり、亜美はシロですよ」

「そうか。ただ、最中をゴリラのゴムマスクを被った男に引っ たくられた裏付《ウラ》けが取れないうちは本店の連中は戸浦亜美を重参（重要参考人）扱いするだろうな」

「目撃者捜しのローラー作戦を急ぎましょうよ」

「もちろん、そのつもりさ。ところで、交際中の妻子持ちの男の名は喋ったのか？」

「それは、ついに言いませんでした。ただ、その彼が三十九歳の司法書士で、ボランティアで消費者金融に泣かされた人たちの相談に乗ってることは話してくれました。亜美は父親の代理弁済の件で相談に乗ってもらってるうちに、その誠実な人柄に惹《ひ》かれて……」

「惚れてしまったんだな」

「ええ。相手の男は自分には家庭があるからと亜美にはっきりと言ったらしいんですが、彼女のハートにはもう火が点いてたんで、恋の炎を消すことはできなかったそうです。亜美は愚《おろ》かな女です。妻子持ちの男とつき合ったら、不幸になるのに」

「報《むく》われない恋愛だということは当然、わかってたと思うよ。しかし、もう引き返せなくなってたんだろう」

「そうなんでしょうけど、なんか痛々しい感じでしたね。相手の家庭に波風立てないで、ひたすら忍ぶ恋に甘んじることで彼の妻子に償《つぐな》うつもりだと言ってましたが、どこかで亜美は無理してるにちがいないんです。それがいじらしいんですが、ばかなことをしてるという思いも湧いてきて……」

「切ないな」

「こんなことになるんだったら、大学生のとき、亜美に胸の想いを思い切って打ち明けるべきでしたよ」

「やはり、惚れてたのか。森、いまも好きなんだろ？」

「ええ、やっぱりね。亜美が妻子持ちの男と別れて失意の日々を過ごすようになったら、自分が支《ささ》えてやるつもりです」

「なぜ、それまで待たなきゃならない？　それだけ熱く想ってるんだったら、不倫相手から彼女を奪っちまえばいいんだ」

「そうすることも考えましたよ。ですが、彼氏に対する未練を本人が断《た》ち切らないうちは、新たな恋愛なんかできないでしょう？」

「それは、そうだろうな」

「だから、自分は亜美を強引に奪うことはやめたんです。きょうは、このまま塒《ねぐら》に戻らせてもらいます。なんか疲れちゃってね」

　森が先に電話を切った。半沢はポリスモードを懐にしまってから、奈穂に森との遣り取りをかいつまんで話した。

「やっぱり、森先輩は幼馴染みが好きだったんですね。なんだか切なくて、涙ぐみそうです」

「森の一途《いちず》な気持ちに気づかなかった戸浦亜美の鈍感さに腹が立ってくるな」

「多分、彼女は森先輩が自分を想ってくれてることは感じ取ってたんだと思います。でも、幸せはどこか遠くにあるような気がしていたんで、身近なものにはよく目を向けなかったんでしょうね。それに似たようなことは、たいていの人が体験してるんじゃないですか？」

奈穂が口を閉じた。

数分後、覆面パトカーの横に白いクラウンが停まった。運転席から降りた男は四十年配で、知的な風貌《ふうぼう》だった。

半沢はさりげなく彼を目で追った。店に入った男は亜美に笑いかけ、すぐに彼女と向かい合った。

「いまの男が不倫相手だろう。クラウンのナンバーをメモしてきてくれ」

「はい」

奈穂が車を降り、クラウンの後ろに回り込んだ。待つほどもなく彼女が覆面パトカーの中に戻ってきた。

半沢はコンピュータの端末を操作して、警察庁に車のナンバー照会をさせた。陸運局に登録されている車輌《しゃりょう》の所有者はすぐに割り出せる。

クラウンの所有者は、横浜市瀬谷《せや》区北町に住む平松孝直《ひらまつたかなお》だった。半沢は、平松の犯歴も照会してみた。前科歴はなかった。

亜美が平松と思われる男と店から出てきたのは、小一時間後だった。

二人はすぐクラウンに乗り込んだ。助手席に坐った亜美は、妙に色っぽく見えた。

クラウンが走りはじめた。

半沢はクラウンを追った。クラウンは駅前方面に走り、東急ハンズの先の交差点を左折し、シティホテルの地下駐車場に潜《もぐ》った。

横浜線町田駅の近くにある立派なホテルだ。

「もう署に戻ろう」

半沢はホテルを回り込んで、スカイラインをバス通りに乗り入れた。

「森先輩がかわいそう」

奈穂が低く呟《つぶや》いた。半沢は聞こえなかった振りをして、アクセルを踏み込んだ。

4

机上の固定電話が鳴った。

外線ランプが灯《とも》っている。奈穂は受話器に片腕を伸ばした。亜美が不倫相手とホテルに消えた翌朝の九時半過ぎだ。

「はい、刑事課強行犯係です」

「伊織か。おれだよ」

森刑事の声だった。奈穂はうろたえそうになった。脳裏のどこかで、クラウンの助手席に坐った亜美の姿が明滅した。

「どうも夏風邪をひいたみたいで、全身がだるいんだ」

「それはいけませんね。熱は？」

「三十八度ちょっとある。だから、きょうは休ませてもらいたいんだよ。悪いけど、親方にそう伝えておいてくれないか」

「いま、係長に替わりましょう」

「いいんだ、いいんだ」

森が一方的に電話を切ってしまった。

なぜ、半沢係長と喋りたがらなかったのか。それ以前に、どうして上司のポリスモードをコールしなかったのか。奈穂は素朴な疑問を感じながら、受話器をフックに返した。

森刑事は、警察にマークされている幼馴染みの亜美を逃がす気でいるのか。それだから、疚《やま》しくて半沢と言葉を交わせなかったのかもしれない。

「電話、森からだったんだろう？」

隣席の半沢が問いかけてきた。

「ええ、そうです。風邪をひいたらしくて、少し熱があるそうです。それから、全身がだるいとも言ってました。だから、きょうは休ませてほしいと伝えてくれとのことでした」

「そうか。妙な奴だな。おれの携帯に直接、電話してくれればいいのに」

「そのことなんですけど、もしかしたら……」

「例の幼馴染みを逃亡させる気になった？」

「ええ。そんなことをちらりと思ったのですが、穿《うが》ちすぎでしょうか？」

「考え過ぎだとは思うが、ちょっと気になるな」

「わたし、森先輩の中町の自宅アパートを張り込みましょうか？」

「いや、それはまずいな。仲間を疑うようなことはしたくないじゃないか」

「ええ、そうですね」

奈穂は反論しなかった。一瞬だったとは言え、森を怪しんだことを心の中で恥じた。

「親方、新しい手がかりを摑みましたよ」

ファクスの前に立っていた堀切が大声で告げた。

「司法書士の平松孝直、三十九歳が『サラ金被害者連絡協議会』の副会長をやってるのを確認したのですが、その彼が被害者たちの代理人として約三十社の貸金業者に過《か》払《ばら》い金の返還を強く求めてたんです」

「その業者の中に、『ピースファイナンス』も入ってたんだな？」

「ええ、そうです」

「送信されてきたリストを見せてくれ」

半沢が言った。

堀切がうなずき、ファクスペーパーを持って歩み寄ってきた。

半沢がリストに目を通し、無言で奈穂の目の前に置いた。奈穂は、『サラ金被害者連絡協議会』から送信されてきた過払い利息返還請求リストを手に取った。

本年度分だけだが、平松は一社に最低でも五通の配達証明付きの返還請求通知書を内容証明郵便で送り付けていた。『ピースファイナンス』には、なんと十七通も郵送している。そのうちの約半数は、亜美の叔父の代理請求だった。

「平松は戸浦栄次の代理人として、『ピースファイナンス』にしつこく払い過ぎ金利分の返還を請求したので、福山社長を怒らせたんじゃないんですかね？」

堀切が半沢に言った。

「それは考えられるな。で、福山は平松を何らかの形で黙らせた。その証拠として、平松は六月に入ってからは『ピースファイナンス』に一通も手紙を出してない」

「ええ、そうですね。わたしも、そのことに気づきました。殺された福山は荒っぽい男たちを使って、司法書士の平松孝直を痛めつけさせたんでしょうか」

「正義感の強い相手に手荒なことをしたら、逆効果だろう？」

「そうかもしれませんね。となると、福山は何か平松の弱みを握って、脅しをかけたんだろうな。平松は脅迫に屈《くっ》し、何も言えなくなってしまった。親方、そう考えてもいいんではありませんか？」

「おそらく、そうだったんだろうな。正義漢の平松が犯罪に走ったとは思えない。金銭トラブルを起こしたなんてこともなかっただろう。考えられるのは……」

「女性関係でしょうね」

　奈穂は、半沢の言葉を引き取った。

「多分、平松は亜美と不倫関係にあることを福山に知られてしまったんだろう」

「平松孝直は浮気のことが妻に知られることを恐れて、脅しに屈してしまったんですかね。そうだったとしたら、司法書士は遊びで森先輩の幼馴染みとつき合ってたんでしょうか？」

「それはなんとも言えないな。そうだったのかもしれないし、亜美と長くつき合いたいと考えてたんで、不倫のことを女房に知られたくなかったとも……」

「男って、つくづく狡《ずる》いと思います。奥さんとも愛人とも別れたくないなんて、虫がよすぎますよ。どっちか一方を選ぶべきです」

「昔から、男は同時に複数の女性を愛せるものだと言われてるじゃないか」

堀切が口を挟んだ。

「そういう考え方は前近代的ですよ。女を一段低く見てるから、そんな身勝手なことが言えるんでしょう。二人の女をうまく操《あやつ》れるわけありませんよ。男は、どちらか一方に絞るべきだわ。それができないなら、両方の女性と別れるべきです」

「男たちの多くは本音では、一夫多妻制に憧《あこが》れてるんじゃないのかな」

「わたし、堀切先輩を軽蔑《けいべつ》します」

「おい、おい！　おれは一般論を言っただけで、個人的にそう考えてるわけじゃないよ」

「でも、そんなくだらない一般論を持ち出すんですから、堀切さんは心のどこかで複数の女とうまくつき合いたいと思っているんでしょう。不潔だわ」

「まいったな」

「話を本題に戻そうや」

半沢が苦笑しながら、どちらにともなく言った。奈穂は堀切と顔を見合わせ、微苦笑した。

「親方、こうは考えられませんか。平松孝直は女性関係のスキャンダルを福山に握られている限り、本業やボランティア活動に支障を来《きた》すようになるかもしれないという不安に取り憑《つ》かれてしまった。それで不倫相手の亜美に頼んで、父親のメッキ工場から一グラムの青酸カリを持ち出してもらった」

「先をつづけてくれ」

「はい。平松自身が『仙華堂』で最中《もなか》を買ったんでは、犯行が発覚する恐れがあります。で、浮気相手の亜美に代わりに最中を求めてもらい、どこかでこっそり受け取った」

「そして、平松孝直が五個の最中に〇・二グラムずつ青酸カリを混ぜた？」

「ええ、そんなふうに筋を読むこともできるでしょう。亜美はゴムマスクを被った男に最中の箱をそっくり引ったくられたと供述してますけど、肝心の目撃証言がゼロですからね。彼女が平松を庇うために、そんな作り話を思いついたんではないのかな」

「仮に平松が『ピースファイナンス』の福山社長を毒殺したとしたら、動機が弱すぎるだろうが？　不倫は確かにスキャンダルだが、そのことが公《おおやけ》になっても、司法書士は何もかも失うわけじゃない。女房とは離婚することになるだろうが、別に司法書士の資格を剝奪《はくだつ》されるわけでもないよな？」

「ええ、そうですね」

「それから、ボランティア活動だって続行できるはずだ。多分、亜美は平松の許《もと》から去ったりしないだろう」

「そう考えると、なにもわざわざ福山を殺害する必要はないわけか」

「ま、そうだな。殺人の動機が稀薄《きはく》だろう？」

「言われてみれば、確かにそうですね。ひょっとしたら、平松は福山社長に雇われた柄の悪い奴に凄まれたとき、思わず相手を突き飛ばしたのかもしれません」

「そうなんだろうか」

「それで相手の男が頭をどこかに強く打ちつけて、死んでしまった。そのことが表沙汰になったら、平松は過失致死に問われることになります」

「そうだな」

「しかし、福山はそのことを警察には届けなかった。その代わりサラ金被害者の過払い金の返還請求は諦《あきら》めろと平松を威嚇《いかく》し、さらに戸浦亜美を自分に譲れと迫ったんじゃないのかな。現に被害者は亜美をものにしようと料理旅館に呼びつけたんでしたよね？」

「ああ」

「だから、平松は福山社長を亡《な》き者にしたいと思うようになった。推測の域を出ませんが、そういうストーリーも成り立つんじゃないですか」

「そうだったとすれば、殺しの動機はあるね。しかし……」

「平松は、福山から巨額の口止め料を要求されてたのかもしれません。不倫の事実のほかに過失致死のことも知られたとしたら、億単位の口止め料をせびられるんじゃないのかな。平松の年収がどのくらいかわかりませんが、そう簡単には金の都合はつかないでしょ？　だから、平松は亜美と共謀して、福山を毒殺したんじゃありませんかね？」

「そうなのかな」

「わたし、被害者が骨になったころを見計って、村尾君と福山宅に行ってみますよ。未亡人の千春は、そのあたりを知ってるかもしれませんので」

「いや、そっちと村尾君は平松孝直に張りついてくれ。平松の事務所は、長津田《ながつた》駅前にあるんだったよな？」

「ええ、そうです。自宅は瀬谷区北町にあるはずです。東名の横浜町田ＩＣ《インターチェンジ》の近くですね」

「とりあえず、きみらは平松の動きを探ってくれ」

「わかりました」

堀切が村尾を誘って、すぐに刑事課から出ていった。

半沢は今井に声をかけ、宇野と亜美の勤務先を張り込むよう指示した。今井と宇野が慌ただしく出かけた。

「親方は、ここで電話待ちですね。それなら、わたしは単独で渋谷の道玄坂にある『サラ金被害者連絡協議会』の事務局に行ってきます。森先輩が欠勤してますので」

「よっぽどのことがない限り、単独の聞き込みは認められない。おれも一緒に行く」

「でも、強行犯係は空っぽになっちゃうでしょ？」

「こんなときのため、小杉課長がいるんじゃないか。すぐに出かけられるようにしてくれ」

半沢係長がのっそりと立ち上がり、課長の席に足を向けた。小杉課長は何か書類にボールペンを走らせていた。

奈穂は椅子から立ち上がって、バッグを手に取った。そのとき、草刈が刑事課に入ってきた。

「昨夜《ゆうべ》は、ありがとうございました。おかげで、亜美の彼氏がわかりました」

「そうだってな。今朝《けさ》早く親方から、おれの携帯に連絡があったんだ。娘になりすました亜美の母親はＪＲ八王子駅までヴィッツを走らせて、自宅に引き返したんだよ。帽子の被り方が不自然に深すぎたからか、帰路の途中で志賀警部がドライバーが替え玉だって気づいたんだ。ひやりとしたよ」

「亜美の動きも覚《さと》られてしまったのかしら？」

「いや、大丈夫だと思うよ。ただ、きのうのことで本店の奴らは亜美をますます不審に思ったようで、夜明け前から彼女の自宅と勤務先にそれぞれ二チームずつ張りつかせてるんだ。そのこと、親方に耳打ちしといてくれないか」

「わかりました」

奈穂は快諾《かいだく》した。草刈が軽く片手を挙げ、踵《きびす》を返す。捜査本部に戻るのだろう。

草刈の姿が見えなくなったとき、半沢が引き返してきた。奈穂は、草刈に言付《ことづ》けられたことを半沢に小声で伝えた。

「そうか。きのうの作戦は失敗だったのかもしれないな。亜美は余計に疑われることになってしまったわけだから」

「でも、こちらは本社の人たちより早く平松孝直のことがわかったんですから、マイナスだけじゃないですよ」

「そうだな。さて、行くか」

半沢が大股《おおまた》で歩きだした。奈穂は小走りに走り、上司と肩を並べた。

二人はスカイラインに乗り込み、渋谷に向かった。鎌倉街道から鶴川街道をたどって、世田谷通りをひたすら直進する。

『サラ金被害者連絡協議会』に着いたのは、およそ五十分後だった。

事務局は雑居ビルの七階にあった。会長は人権派の老弁護士で、柿崎巌夫《かきざきいわお》という名だ。九十歳近い高齢らしい。

奈穂は半沢に連れられて、事務局を訪れた。

六十年配の事務局長の男性と五十歳前後の女性事務員の二人しかいなかった。だが、壁際には電話機が五台も並んでいた。

「午後にボランティアの相談員が見えるんですよ。相談員たちは不当な高利で泣かされてる人たちの訴えを聞いて、彼らの債務を少しでも軽くしてやりたいと知恵を出し合ってるんです。むろん、みなさん、手弁当ですよ。ボランティアの方々は柿崎会員の高潔なお考えに賛同されて、会の活動に協力してくださってるんです」

脇田《わきた》と名乗った事務局長が説明し、奈穂たちに椅子を勧めた。二人は並んで腰かけた。脇田事務局長は半沢の前に坐った。

「副会長の平松さんは熱心に活動されてたようですね？」

半沢が切りだした。

「ええ、平松さんには頭が下がりますよ。本業そっちのけで、会の活動に励んでますからね。庶民をいじめる悪質な高利貸しには敢然と立ち向かってるんです。立派な方です」

「部下がリストをファクス送信してもらいましたが、平松さんは『ピースファイナンス』に十七回も内容証明郵便を出してますでしょ？」

「ええ。『ピースファイナンス』は、あこぎな商売をしてますんでね」

「それはそれとして、ちょっと腑《ふ》に落ちないことがあるんですよ」

「どんなことでしょう？」

「平松さんは六月になってからは、『ピースファイナンス』に過払い利息を客に返してやれという内容の手紙を一通も出してません。それは、なぜなんですか？」

「えーと、それは……」

脇田が言い澱《よど》んだ。

「何か『ピースファイナンス』と平松さんとの間にトラブルがあったんではありませんか？」

「困ったな」

「脇田さんに迷惑はかけませんよ。ですから、話していただきたいんです」

「わかりました。あれは五月の末のことだったと思います。『ピースファイナンス』の関係者と名乗った二人のやくざっぽい男がここに乗り込んできて、平松さんに野良猫の生首をぶつけて、正義の使者気取りをつづけてたら、いまに同じ目に遭うぞと凄んだんですよ。もうひとりの男は、平松さんに蹴《け》りを入れようとしました」

「平松さんは蹴られたんですか？」

「いいえ。とっさに彼は両手で相手の片脚《あし》を摑んで、軸足《じくあし》を払ったんです。そうしたら、相手の男は床に横倒しに転がりました。そのとき、椅子のキャスターの角に側頭部を打ちつけて、裂傷を負ったんですよ。びっくりした相棒は、どこかに電話をかけました。そして、スマホを平松さんに渡したんです」

「二人組の片割れが電話をかけたのは、『ピースファイナンス』の福山社長だったんじゃないのかな」

「そうだったのかもしれません。平松さんは電話中に蒼《あお》ざめ、ほとんど言い返しませんでした。傷害で警察に突き出してやろうかとでも脅されたんでしょう」

「それだけだったんだろうか」

「そういえば、平松さんは電話の相手に『その調査会社の名前を教えてくれ』と言ってましたね。しかし、まともには取り合ってもらえなかったようでしたけど」

「そうですか」

半沢が考える顔つきになった。

福山社長は調査会社の調査員に平松孝直の女性関係を洗わせたようだ。それで、不倫の証拠を握られたのだろうか。

奈穂は筋を読んでみた。

「そのことがあってから、副会長は『ピースファイナンス』の違法ビジネスを強く咎《とが》めなくなりました。何か大きな弱みを先方に押さえられて、不本意ながら、黙らざるを得なくなったのかもしれませんね」

「ほかの高利貸しには、平松さん、厳しく接してたんですね？」

「ええ。相手側が誠意を見せない場合は訴訟に持ち込んでました。ただ、『ピースファイナンス』に関しては、そのうち必ず懲《こ》らしめてやると言うだけで、強硬手段を取ることはありませんでした」

「平松さんは、懲らしめてやるという表現を使ったんですね？」

　半沢が事務局長に確かめた。

「ええ、そうです」

「そう言ったときの平松さんの表情は、どんなふうでした？」

「凄まじい形相《ぎょうそう》でした。あんなおっかない顔を見たのは初めてですね。あのとき、わたしは平松さんが相手を殺しに行くのではないかと思ったぐらいです。それほど鬼《き》気《き》迫るものがありましたよ」

「そうですか。別の金融業者が平松さんを脅迫したことは？」

「電話口で開き直る貸金業者は多いんですが、相談員を脅す者はいません。借金をした者には凄んでるんでしょうが」

「そうですか」

「まさか平松副会長が『ピースファイナンス』の社長を毒殺したんじゃないですよね？」

脇田が言って、半沢と奈穂の顔を等分《とうぶん》に見た。どう答えるべきなのか。奈穂は困惑し、目顔《めがお》で上司に救いを求めた。

「そういうことはないと思いますよ。ご協力に感謝します」

半沢がポーカーフェイスで答え、ゆっくりと立ち上がった。

奈穂は慌てて腰を浮かせた。

第四章　錯綜する疑惑

1

司法書士の事務所は造作なく見つかった。

雑居ビルの一階にあった。横浜線の長津田駅から百メートルも離れていない。

半沢は先に覆面パトカーから降りた。

スカイラインは、平松孝直の事務所の斜め前に駐《と》めてある。新米女性刑事が助手席から出てきた。渋谷の『サラ金被害者連絡協議会』の事務局から、こちらに回ってきたのだ。

「行こう」

半沢は目的の事務所に足を向けた。

奈穂が従《つ》いてくる。堀切と村尾は遠くにいた。

事務所に入ると、手前に二卓のスチールデスクと応接ソファセットが見えた。だが、人の姿は見当たらない。

パーティションの向こうに誰かいるようだ。

半沢は奥に声をかけた。と、前夜、亜美とファミリーレストランで会った男が顔を見せた。

「司法書士の平松孝直さんですね?」

「ええ、そうです。あなた方は?」

半沢は確かめた。

「町田署刑事課の半沢といいます。連れは部下の伊織です」

「ご用件は?」

「従業員の方はすぐ戻られるんですか? それでしたら、別の場所でお話をうかがったほうがいいでしょう」

「三人のスタッフは夕方まで戻りません。どうぞお掛けください」

平松が半沢たち二人をソファセットに導《みちび》いた。半沢は奈穂と長椅子に腰かけた。平松は半沢と向かい合う位置に坐った。

「何か冷たいものでもいかがでしょう?」

「いいえ、結構です。早速ですが、戸浦亜美さんのことはご存じでしょ?」

「えっ!?」

「きのうの晩、あなたは森野の『ジョナサン』で亜美さんと落ち合った後、町田図書館の並びにあるホテルに入りましたよね？」

「わたしたち、尾行されてたんですか⁉　どうしてなんです？」

「われわれは、『ピースファイナンス』の福山社長が殺された事件を担当してるんですよ。被害者が青酸カリ入りの最中《もなか》を食べて死んだことは当然、知ってますでしょ？」

「事件のことは派手に報道されましたので、知ってはいます。しかし、なぜ警察がわたしをマークしなければならないんです？」

「ここに来る前に、渋谷の『サラ金被害者連絡協議会』の事務局を訪ねたんですよ。脇田事務局長から、平松さんがボランティア活動に情熱を傾けておられるという話をうかがってきました。なかなか真似《まね》のできることではありません。ただ漫然と暮らしてる自分が恥ずかしくなりましたよ」

　半沢は言った。半分は本心だった。

「そんなふうに言われると、面映《おもはゆ》くなりますね。わたしは、無器用な弱者たちにほんの少しだけ力をお貸ししてるだけです」

「『ピースファイナンス』には、春先から十七回も客の過払《かばら》い金を返還するよう内容証明郵便で督促してますね？」

「ええ、あそこは高利も高利でしたので」

「事務局の協力でわかったのですが、あなたが相談者に代わって返還請求した大半は、奥さんと心中された戸浦栄次さんのものでした。叔父の借金の件で平松さんに相談を持ちかけたのは、姪《めい》の亜美さんだったんですね？」

「ええ、そうでした」

「あなたは亜美さんの相談に乗っているうちに、彼女に恋愛感情を懐《いだ》くようになった。だから、余計に『ピースファイナンス』の悪辣《あくらつ》な商売が赦《ゆる》せなかったんでしょ？」

「そのことは否定しません。わたしは妻帯者でありながら、亜美に、いえ、戸浦さんに魅《み》せられてしまったんです。それで、一年以上も前から親密な仲に……」

「福山は貰《もら》い過ぎた金利分を返すどころか、やくざっぽい二人組を『サラ金被害者連絡協議会』に行かせて、あなたに恐怖心を与えさせた。そのことは事実なんですよね？」

「はい」

「あなたは怯《ひる》むことなく、男のひとりが蹴《け》りを放ったとき、相手の足を払って倒した。そのとき、相手は椅子のキャスターの角に側頭部を打って、裂傷を負ったんでしょ？」

「脇田事務局長は、そこまで話してしまったんですか。まいったな」

「そのことも事実なんですね？」

「ええ」

「平松さんは、その件で福山に何か脅されたんではありませんか？」

「そんなことは……」

　平松が下を向いた。

「正直に答えてほしいな。福山は、あなたが亜美さんと不倫関係にあること、それから差し向けた男の頭に怪我《けが》を負わせた事実をちらつかせて、『ピースファイナンス』にクレームをつけるなと凄《すご》んだんでしょ？」

「もう正直に話します。実は、それだけではないんです。福山は、わたしの妻の玲《れい》がいかがわしいことをしていると……」

「奥さんは何をしてたんです？」

　半沢は訊《き》いた。平松が困惑顔になった。一拍置いてから、司法書士が口を開いた。

「わたしが亜美に心を移したと知った妻は、精神的に少しおかしくなってしまったんですよ。ホストクラブで憂《う》さを晴らすようになって、遊興《ゆうきょう》費《ひ》を体で稼ぐようになったんです」

「つまり、売春をしてたんですね？」

「ええ、そうです。赤坂の秘密エスコートクラブに登録して、中小企業の社長、医者、公認会計士、代議士といった客のベッドパートナーを務《つと》めてました。福山はわたしがサラ金被害者の代理人として『ピースファイナンス』にうるさいことを言いつづけたら、十歳のひとり息子に母親が体を売ってることを話すと脅迫してきたんですよ」

「それで、あなたは六月になってから、『ピースファイナンス』には過払い金の返還請求をしなくなったわけか」

「ええ、その通りです。息子を幻滅させるわけにはいかないでしょ？」

「そのことを戸浦亜美さんには話したんですか？」

半沢は質問を重ねた。

「はい。そうしたら、亜美はわたしの家族を不幸にしてしまったのは自分だと済まながって、この世から消えてしまいたいと泣きだしたんです」

「なんで浮気なんかしたんですっ。あなたは、二人の女性を不幸にしたんですよ」

突然、奈穂が口走った。平松はまともに詰《なじ》られ、返答に窮《きゅう》した。

「きみは黙っててくれ」

半沢は部下に言った。

「いいえ、言わせてもらいます。平松さんみたいな優柔《ゆうじゅう》不断《ふだん》な男性がいるから、女たちは幸せになれないんですよ。奥さん以外の女性に心を移したんだったら、それなりのけじめをつけるべきだわ」

「あなたの言ってることは、間違いなく正論です。しかしね、そう簡単にけじめなんかつけられないんだ」

平松が控え目ながらも、言い返した。

「なぜなんです？」

「わたしの妻は女子大を出てから、一度も働いて給料を稼いだことがないんですよ。結婚するまで実家で花嫁修業をしてたんです」

「奥さんがお嬢さん育ちだったと自慢してるわけですか」

「そういうつもりで言ったんではありません。ＯＬもしたことのない妻が離婚後、経済的に自立できるわけない」

「あなたが養育費のほかに、たっぷり慰謝料を払ってやれば、何年か後には自活できるようになると思います。本気で亜美さんを好きになったんだったら、そうすべきだったんじゃありませんか？」

「妻のことはともかく、子供を棄《す》てるのは勇気がいるもんです」

「そんなふうに煮え切らない妻帯者は浮気なんかすべきではありませんっ。悪いけど、わたしはあなたみたいな男性は……」

「そのくらいにしておけよ」

半沢は奈穂を窘《たしな》め、平松に部下の非礼を詫《わ》びた。

「耳が痛い話でしたが、お連れの方が言われた通りですよ。恥ずかしい限りです」

「あなたは脇田事務局長のいるところで、いつか必ず福山を懲《こ》らしめてやると洩《も》らしたそうですね？　いや、福山と特定したわけじゃなかったな」

「ええ、そういうことは呟《つぶや》きました。電話で福山社長に脅迫されたときにね」

「やっぱり、そうでしたか」

「それが何か？」

「福山が殺害されたころ、戸浦亜美さんは父親が経営してるメッキ工場から無断で青酸カリを持ち出してるんですよ」

「なんですって⁉」

平松が声を裏返らせた。驚き方が少しオーバーなような気もした。

「ご存じじゃなかったのか」

「ええ、まったく知りませんでした。亜美は、そのことを認めてるのでしょうか？」

「ええ、認めました。辛《つら》い不倫を清算するつもりだったようですが、怖くて自殺はできなかったと言っていました」

「彼女がそこまで思い詰めてるなんて、夢想だにしてませんでした。わたしの前では、いつも亜美は明るく振る舞ってましたんでね」

「あなたに余計な心配をかけたくなかったんでしょう。その女心が、いじらしいな。亜美さんは青酸カリをそっくり勤務先の水洗トイレに流してしまったと供述しているのですが、その裏付けは取れていません。事件当日、亜美さんは夕方五時に『ピースファイナンス』の近くの『ルル』という喫茶店で福山に会うことになってたんですよ。

その前に、彼女は町田中央通りの『仙華堂』で十二個入りの最中を買ってる。福山にあげる予定の手土産《てみやげ》です。しかし、『ルル』に行く前に、路上で最中をゴリラのゴムマスクを被《かぶ》った四十前後の男に引ったくられたと言ってるんですよ」

「亜美が福山に毒を盛ったと疑われてるんですか⁉」

「彼女を怪しんでいる捜査員もいますが、わたしは犯人は別の者なのではないかと思いはじめています。亜美さんが犯人だとしたら、青酸カリを使うことは避けるだろうと考えたからです。父親がメッキ工場の主なわけですから、青酸カリを使用したら、真っ先に警察に疑われるでしょ？」

「ええ、そうでしょうね。亜美が福山を憎んでたことは間違いありませんが、あの高利貸しを自分の手で殺すなんて考えられませんよ」

「参考までにうかがうんですが、事件当日、平松さんはどこで、どうされてました？」

半沢は笑顔で訊いた。

「わ、わたしが福山を毒殺したとお疑いなんですか⁉　亜美に青酸カリを盗み出させて、彼女が買った最中を奪い、福山に毒を盛ったと……」

「一応、アリバイを確認させてもらうだけですよ」

「それにしても、不愉快だな。その日は午後二時ごろに自宅に戻って、ボランティア活動の書類を作成してました。それからは一歩も家からは出てません。妻と息子がそれを立証してくれるはずです」

「ご存じかもしれませんが、家族の証言は弱いんですよ。その気になれば、全員が口裏を合わせることもできますからね」

「それなら、隣の村木《むらき》さんの奥さんに会ってください。夕方五時前後に奥さんが旅行の土産だと言って、京都の生《なま》八つ橋を持って我が家を訪ねてきたんです。そのとき、わたしは村木さんに直《じか》にお礼を言いましたんで」

「確認させてもらいます」

「亜美もわたしも、福山の事件には関わってませんよ」

平松が怒気《どき》を孕《はら》んだ声で言った。

退散の潮時《しおどき》だ。半沢は奈穂に目配せして、先に立ち上がった。部下とともに平松の事務所を出て、覆面パトカーに乗り込む。

二人は横浜市瀬谷区北町に向かった。

十数分で、平松の自宅に着いた。洒落《しゃれ》た造りの二階家だった。庭には夏花が咲き誇っている。敷地は七十坪前後だろう。

半沢たちは少し先にスカイラインを駐め、平松の自宅まで引き返した。奈穂がインターフォンを鳴らす。

ややあって、スピーカーから平松夫人の声で応答があった。奈穂が小声で警察関係者であることを告げ、来意を伝えた。

「どうぞお入りになってください」

平松玲の声は少し震えていた。半沢たちは低い白い門扉《もんぴ》を潜《くぐ》り、ポーチに上がった。すぐに玄関のドアが開けられ、三十六、七歳の夫人が現われた。美しかったが、どこか表情が暗い。心の闇《やみ》が深いせいだろうか。

半沢たちは三和土《たたき》まで招き入れられた。

「夫が言った通りです。その日は午後二時ごろに戻って、ずっと家にいました。お隣の村木さんから生八つ橋をいただいたことも間違いありません」

「そうですか。奥さん、ご自宅に貸金業者から脅迫電話がかかってきたことは？」

「何度か『ピースファイナンス』の社員だと名乗った男が平松のボランティア活動をやめさせないと、息子の俊《しゅん》を誘拐し、この家に火を放つぞと脅されました。それから、わたし自身も不審者に尾行されたことがありました」

「それは、いつごろのことでしたか？」

「五月の下旬でした。外出するたびに、五十年配の男が尾《つ》けてきて……」

「そいつは、やくざ風でしたか？」

「いいえ、ふつうの会社員っぽかったですね」

玲が言った。

おそらく、その尾行者は福山に雇われた調査会社の調査員だろう。そして、その男に平松夫人は売春してることを知られてしまったのではないか。

半沢は、そう推測した。話が中断したとき、サッカーボールを持った十歳ぐらいの少年がアプローチにたたずんだ。平松の息子だった。

奈穂がにこやかに俊に声をかけ、さりげなく父親のアリバイを確かめた。ひとり息子の証言は母親の話と合致していた。

半沢たちは平松宅を辞去し、右隣の村木宅を訪ねた。村木夫人は四十代の後半に見えた。奈穂が平松の供述の裏付けを取った。

半沢は村木夫人に謝意を表し、覆面パトカーに歩み寄った。奈穂が助手席に坐ると、すぐにエンジンをかけた。

ギアをＤ《ドライブ》レンジに入れようとしたとき、堀切から電話がかかってきた。

「われわれは、このまま平松のオフィスを張り込みつづけるんですか？」

「いや、村尾と署に戻ってくれ。平松はシロだろう」

「わかりました」

「ご苦労さんだったな」

半沢は通話終了キーを押し込んだ。次の瞬間、今度は今井から連絡が入った。

「戸浦亜美が勤務先から出てきたのか？」

半沢は訊いた。

「そうじゃないんです。亜美は、まだ社内で仕事をしています。ただ、少し気になることがあったんですよ」

「気になること？」

「ええ。わたしは気づかなかったのですが、宇野が亜美の会社の社員通用口の近くで森とよく似た男を見かけたらしいんですよ」

「森は熱を出して、自宅アパートで寝《やす》んでるはずだがな。他人の空似《そらに》ってやつなんじゃないのか」

「そうなのかもしれません。ただ、亜美が張り込みに気づいたとも考えられるんですよ。本社の月岡たち二チームは目につきやすい場所で張り込んでますのでね」

「なんてことなんだ」

「亜美は自分が緊急逮捕されるかもしれないと思って、社内から森に電話をしたんだとしたら、逃亡する気になったんじゃないでしょうか。それで、森を職場の近くに呼び寄せて……」

「ひとまず亜美は身を隠す気になったかもしれないというんだな？」

「ええ。亜美が真犯人《ホンボシ》だったら、森が懲戒免職になることは避けられません。殺人の容疑者の逃亡を現職警官が手引きしたことになるわけですから。親方、森のアパートに行ってもらえますか。あいつが部屋にいなかったら、宇野が見かけたという男は森かもしれませんので」

「わかった。宇野に通用口のあたりをもう一度チェックさせてくれ」

「了解！」

今井が電話を切った。

半沢は上着の内ポケットからポリスモードを取り出し、森に電話をかけた。先方のスマートフォンの電源は入っていたが、森は電話口に出なかった。

半沢はいったん通話終了キーを押し、ふたたび森に連絡をした。今度は電源が切られていた。

森が故意に電源を切ったにちがいない。ということは……。

半沢はポリスモードを懐にしまい、覆面パトカーを急発進させた。

「森先輩が戸浦亜美を逃がそうとしてるかもしれないんですね？」

奈穂が問いかけてきた。半沢は無言でうなずき、スカイラインのアクセルを踏み込んだ。

中町一丁目にある森の自宅アパートに着いたのは、数十分後だった。

半沢は、最初に入居者専用の駐車場を見た。森のプリウスは見当たらない。

「そっちは車の中で待っててくれ」

半沢は奈穂に言い置き、急いで車を降りた。

軽量鉄骨造りのアパートは二階建てだ。半沢は一〇五号室に急ぎ、インターフォンを連打した。

だが、なんの応答もない。ドアに耳を押し当てる。室内は静まり返っている。人のいる気配はまったくうかがえない。

森は道を踏み外しかけている。彼を思い留まらせないと、取り返しのつかないことになってしまう。上司の自分がなんとかしなければならない。

半沢は一〇五号室から離れた。

2

気が重かった。

奈穂は、先輩刑事に張りつくことになった運命を呪《のろ》わずにはいられなかった。彼女は路地にたたずみ、森の自宅アパートの駐車場をうかがっていた。

夕闇が濃い。

午後六時半を回っていた。半沢はアパートの反対側の覆面パトカーの中にいるはずだ。

宇野が戸浦亜美の勤務先の通用口の付近で見かけたという人物が森刑事でなければいいのだが、どうも悪い予感がする。

奈穂は胸苦しくなった。

それから間もなく、上着のポケットの中で私物のスマートフォンが振動した。電話をかけてきたのは、警察学校の寮で同室だった室岡由起だ。

「奈穂、久しぶりに会わない？」

「会いたいけど、いま、張り込み中なのよ」

「早くも張り込みをやらせてもらってるのか。羨《うらや》ましいな。わたしなんかさ、来る日も来る日も未成年の補導ばっかり。ちょっと仕事に飽《あ》きはじめてるの。それで、容疑者はどんな奴なのよ？　そいつ、傷害致死でもやったわけ？　それとも、レイプでもやったのかな」

「由起、いまはのんびり話し込んでられないんで、後日、こっちから連絡する」

「おっと、張り込み中だったっけね。ごめん、ごめん！」

「こっちこそ、つき合えなくて悪いわね」

奈穂は通話を切り上げた。ほとんど同時に、スマートフォンが震えはじめた。今度の発信者は母の美和だった。

「もうじき弟が遊びに来ることになってるんだけど、仕事、忙しいんでしょ？」

「うん。叔父さんがいる時間には、とても帰れそうもないわ」

「そうなの」

「叔父さんによろしく言っといて。悪いけど、張り込み中だから、もう切るね」

　奈穂はスマートフォンを懐に戻した。

　そのすぐ後、半沢が路地に駆け込んできた。奈穂は上司に走り寄った。

「何か動きがあったんですね？」

「ああ、恐れていた事態になった。ついいましがた今井から連絡があったんだが、亜美に任意同行を求めた本庁の月岡を森が突き飛ばして……」

「戸浦亜美を連れて逃げたんですね？」

「そうらしい。月岡はそのことを須貝警視にすぐ報告したというから、亜美だけではなく、森も追われる身になったわけだ。少なくとも、公務執行妨害罪は適用されるだろうからな」

「困ったことになりましたね」

「ちょっとな。森が亜美を自分の部屋に匿《かくま》うとは思えない。それから、亜美を忠生の自宅に送り届けることもないだろう」

「そうでしょうね。森先輩は自分の車に戸浦亜美を乗せて、逃走したんですか？」

「ああ、そうだ。月岡とペアを組んでる鈴木刑事がそこまでは視認《しにん》してるという話だった。いったん署に戻ろう」

半沢が言うなり、大股《おおまた》で歩きだした。奈穂は上司の後《あと》を追った。

二人はスカイラインに乗り込んだ。

「森はどこかでレンタカーを借りるつもりなんだろう。自分の車を長く乗り回したら、二人とも身柄を押さえられることになるからな」

「二人はレンタカーを借りた後、高飛びする気なんでしょうか？」

「森は、そこまでは考えてないと思うよ。彼は幼馴染《おさななじ》みの亜美をどこかに匿ったら、自分で福山殺しの犯人を捜し出すつもりでいるんだろう」

「それでは、森先輩は連れをビジネスホテルかウィークリーマンションに連れていく気なんでしょうね」

「多分、そうなんだろう」

半沢が言って、覆面パトカーを走らせはじめた。

車内には重苦しい空気が横たわっていた。どちらも押し黙ったままだった。五分ほどで、署に着いた。

二階の刑事課フロアに上がると、小杉課長がいきなり喚《わめ》いた。

「半沢係長、少し部下を甘やかし過ぎたんじゃないのかねっ。森が本庁の月岡さんを突き飛ばして、西新宿から戸浦亜美と一緒に車で逃走したそうじゃないか」

「さきほど今井から、そういう報告を受けました」

「どうするんだ？　須貝警視も志賀警部も所轄の刑事が捜査妨害したんで、カンカンだぞ。一応、署長とわたしが謝罪しておいたが、半沢係長もすぐ捜査本部に詫びに行ってくれ」

「わかりました」

半沢が一礼し、すぐに刑事課から出ていった。強行犯係のブロックには、堀切と村尾しかいなかった。

「森先輩は、どうなっちゃうんでしょう？」

奈穂は自席に坐るなり、小声で堀切に問いかけた。

「父親の工場から一グラムの青酸カリを無断で持ち出した戸浦亜美を窃盗容疑で正式に逮捕することになってたわけじゃないから、森が問われるのは公務執行妨害だけだろう。それも同業者同士の捜査妨害だから、内々で処理することになると思うよ」

「それで、済みますかね？」

村尾が堀切に顔を向けた。

「捜一《そういち》の旦那《だんな》方が面子《メンツ》を潰《つぶ》されたことに拘《こだわ》れば、亜美の窃盗を立件させるだろうな。そうなったら、森は犯人隠匿の罪にも問われるだろう」

「ええ、そうでしょうね。しかし、それでは身内の恥を晒《さら》す恰好《かっこう》になりますでしょ？」

「そうだな。だから、本庁もそこまではやらないと思うよ。断言はできないけどさ」

「森さんは、戸浦亜美は福山を殺《や》ってないと確信してるんでしょうね」

「そうなんだろうな。子供のころから亜美の人柄を知ってるんで、森はシロと判断したにちがいない。それはそれでいいんだが、問題なのは亜美がシロだという物証がないことなんだよな」

　堀切が腕を組んだ。

「ええ、そうですね。本社の人たちがゴムマスクの男を目撃した者を懸命に捜してくれてますが、依然として……」

「ゴムマスクを被ってたら、濃いサングラスで目許《めもと》を隠してるよりも目立つ」

「そうですね。目撃者がひとりもいないというのも不思議です。だから、戸浦亜美の供述は全面的には信用できないという捜査員が出てきちゃうんでしょう」

「そうなんだろうな」

「でも、自分は森さんと同じように戸浦亜美はシロだと思ってます。実は最中に青酸カリを混入したのは平松孝直かもしれないと疑ってたんですが、彼のアリバイは成立したということですからね。となると、戸浦亜美が疑わしく思えてくるんだが……」

　村尾が口を閉じた。

「もしかしたら、捜査線上にまったく浮かんでない者の犯行なんじゃないのかしら?」

奈穂は、どちらにともなく言った。と、堀切が言葉を発した。

「それは、単なる勘なんだろ？」

「ええ、そうです。殺された福山社長は強欲《ごうよく》でワンマンタイプだから、敵は多いと思うんですよ。それだから、被害者を恨《うら》んでた者はもっといるのではないかと思ったわけです」

「それはいるだろうな。しかし、これまでの聞き込みで少しでも怪しいと感じた者は全員、調べてみた」

「福山は、妻、愛人、従業員、債務者たちも知らない別の顔を持ってたんじゃないのかな」

「たとえば？」

「麻薬や銃器の密売をやってたとか、他人名義で性風俗店を経営していたとか。あるいは、いかがわしいＤＶＤを販売してたんでしょうか。とにかく、被害者の過去や交友関係をもっと深く探《さぐ》る必要があるんではありませんか？」

「駆け出しの女刑事がそこまで言っちゃうか」

「あっ、少し生意気《なまいき》でした？」

「いいさ、強行犯係では思ったことを口にしても。ただ、桜田門の連中の前で出すぎた真似をすると、みんなに潰されるぞ。連中は人一倍、プライドが高いからな」

「そんな大真面目《まじめ》な顔になるなよ。そっちが言ったこと、検討する価値があるのかもしれないな。確かに福山は、金になることなら、なんでもやりそうな悪党だったからさ」

「ええ、そうですね」

村尾が同調した。

そのとき、草刈が戻ってきた。何かに憤《いきどお》っている様子だった。

「どうしたんですか？」

奈穂は草刈に声をかけた。

「森の奴、大馬鹿《バク》だよ。親方は桜田門の連中ひとりひとりに頭を下げて、戸浦亜美を窃盗容疑で逮捕らないでほしいと頼み込んでた。もちろん、亜美を庇《かば》いたいからじゃない。部下の将来を考えて、下げたくもない頭を下げる気になったんだよ」

「そうなんでしょうね」

「なんか痛々しくて、おれは見ていられなかったよ。森は幼馴染みのことだけを考えて、刑事らしくないことをしてしまった。少しは親方の立場を考えろってんだ。あいつは窮地に立たされた戸浦亜美のことで頭が一杯だったんだろうが、減点されるのは自分だけじゃない。親方の立場も悪くなる」

「気をつけます」

「それだけ森先輩にとって、彼女は大事な女性だったんでしょう」

「だったら、森は先に辞表を書いて、それから戸浦亜美を匿うべきだったんだっ。違うか？」

「ええ、そうですね。でも、森先輩はすぐにも幼馴染みが青酸カリをくすねたことで緊急逮捕されるかもしれないと思って、心理的な余裕がなかったんでしょう。むろん、当人は自分の行動が問題になることは予測していたと思いますよ」

「後日、森はそれなりの責任を取る気でいると……」

「ええ、多分ね」

「森さんが依願退職したら、自分、突っかい棒を外されたような気持ちになると思います。森さんは兄貴分みたいな先輩ですし、古今亭志ん生の貧乏時代のエピソードをもっと聞かせてほしいんですよ」

「おれだって、森とずっと仕事をしたいさ。強行犯係のみんなはファミリーだからな。だから、あいつがひとりで悩んで、暴走したことがなんか腹立たしいし、寂しいんだよ」

「ああ、なんか水臭いよね」

堀切が草刈の言葉を受けた。村尾が黙ってうなずく。

職場の仲間たちは森刑事の行動に迷惑しているだけだと思っていたが、そうではなかったのだ。

奈穂は胸が熱くなった。

半沢が刑事課に戻ってきたのは数十分後だった。小杉課長が早口で話しかけた。

「須貝警視の反応はどうだった？」

「苦り切った顔をしていましたが、今回は大目に見てくれるそうです」

「それはよかった。しかし、月岡刑事に目をかけてる志賀警部は内心、不満なんだろうね？」

「そうかもしれません」

「半沢係長、部下の監督も仕事のうちですよ」

「わたしの監督不行き届きでした」

半沢が深く頭を下げた。そのとき、草刈が小杉課長に顔を向けた。

「うちの親方には、別に落ち度はありませんよ。悪いのは森です。あいつが情《じょう》に流されただけでしょうが。それだって、森は月岡刑事を突き飛ばしただけです。たいしたことじゃありません」

「草刈、何を言ってるんだっ。森は本庁の方の捜査を妨害したんだぞ。要するに、本社に喧嘩《けんか》を売ったようなものじゃないか」

「本社の人間がそんなに偉いんですかっ。桜田門の連中の顔色をうかがう前に、森がなぜ戸浦亜美を庇う気になったか考えるべきではないのかな。小杉さんが刑事課の課長なんですから」

「その言い種《ぐさ》は何だっ」

「捜一の面々が状況証拠だけで戸浦亜美を容疑者扱いしたから、森は彼女を逃がす気になったんでしょう」

「本社が主導権を握ってるんだから、それは仕方ないだろうが。草刈はそう言うが、亜美はクロかもしれないんだ。彼女が福山殺しの犯人だとしたら、森がやったことは所轄署にとっては大きなマイナスになる。捜一の方たちを怒らせたら、われわれは後で泣くことになるんだぞ」

「課長は、どうしても出世したいようですね。ノンキャリアがどう頑張っても、キャリアにはなれないんです。もっと気楽に生きたら、どうです？　たとえ課長職で停年を迎えても、部下たちに慕《した》われてたんだったら、それも充分に意義のある人生だと思いますよ」

「きさま、何様のつもりなんだっ」

「草刈、少し言葉を慎《つつし》め！　人には、それぞれ生き方があるんだ。課長の人生観をあれこれ批判するのは思い上がりだよ」

半沢が言い諭《さと》した。草刈が口を噤《つぐ》んだ。

「課長、勘弁してやってください」

「監督不行き届きだな」

小杉が厭味《いやみ》を言って、憤然と席を離れた。課長の靴音が遠ざかると、村尾が小さく拍手した。

「度量が小さいぞ」

半沢が村尾を叱《しか》って、自分の椅子にどっかと坐った。堀切が無言で懐からポリスモードを取り出し、数字キーを押しはじめた。

「誰に電話してるんですか？」

奈穂は訊いた。

「森にだよ。彼に戸浦亜美と一緒に署に来るよう説得してみる」

「電源、切ってあると思いますよ」

「きみの言う通りだった」

堀切が苦く笑って、刑事用携帯電話を所定のポケットに戻した。

「親方、首都圏のレンタカー営業所に片っ端から電話して、森が車を借りたとこを見つけ出しましょうよ」

草刈が提案した。半沢は少し考えてから、同意した。

奈穂たち部下は手分けして、電話をかけはじめた。途中で、今井と宇野が西新宿から戻ってきた。二人もレンタカーの営業所に問い合わせの電話をかけた。

やがて、リストアップした営業所のすべてに電話をかけ終えた。だが、森がレンタカーを借りた営業所はなかった。

「森は自分の車で、戸浦亜美と逃げ回ってるみたいですね」

草刈が半沢に言った。

「おそらく、もうウィークリーマンションかビジネスホテルに入ってるんだろう」

「かもしれませんね。ひょっとしたら新宿周辺に潜伏してるのかもしれないな」

「ああ、考えられるね。界隈《かいわい》の宿泊施設にすべて問い合わせてみよう」

半沢がポリスモードを取り出し、森の実家にマイカーのナンバーを問い合わせた。

奈穂たちと部下は森の車のナンバーをそれぞれ書き留《と》め、相前後してビジネスホテル、ウィークリーマンション、シティホテルに電話をかけはじめた。

半沢は森のポリスモードを鳴らしつづけた。私物のスマートフォンは電源が切られていた。

問い合わせに、たっぷり一時間はかかった。同じことを何十回も喋《しゃべ》ったからか、奈穂の声はいつしか掠《かす》れていた。同僚たちも同じだった。

努力も虚《むな》しく、森たち二人の居所はわからなかった。森はマイカーのプリウスをどこかに放置して、亜美と電車かタクシーで逃亡中なのだろうか。

「森は逃亡に成功した者がきわめて少ないことを知ってるはずだ」

　今井が呟くように言った。

「だから、何なんです？」

　草刈が先を促《うなが》した。

「森は気が優しいよな？」

「ええ、そうですね」

「戸浦亜美がクロだった場合、あいつは幼馴染みを出頭させられるだろうか」

「それはできないでしょうね。となったら、亜美に同情して、一緒に高飛びする気になるのかな」

「高飛びしたところで、永久に逃げ切れるもんじゃない。森は、そのことを知ってるだろう。だから、二人が心中する可能性もあると思うんだ」

　今井が言った。

　奈穂は意表を衝《つ》かれた。しかし、考えてみると、それなりのリアリティーがあった。にわかに動揺しはじめた。

　同僚たちも同じ思いに至ったらしく、誰もが暗い顔つきになった。

「そんなことにはならないよ。森は古典落語のファンなんだ。落語好きな人間は自死なんかしないさ」

半沢が言った。一拍置いて、堀切が口を開いた。

「そうとは限らないでしょ？　英語落語で話題になった関西の有名落語家がだいぶ前に自殺してますからね」

「確かに、そういうことがあったな」

半沢がうなだれた。

堀切は正直者なのだろうが、もう少し場《ば》の空気を読んでほしい。何も、あんなことを言わなくてもいいのではないか。

奈穂は堀切を軽く睨《ね》めつけた。

その直後だった。あろうことか、森と亜美が刑事課に入ってきた。二人とも、きまり悪そうだ。

「どういうことなんだ？」

半沢が立ち上がって、森に問いかけた。

「お騒がせして、すみませんでした。亜美を匿う必要がなくなったので、一緒にここに来たんです」

「話が呑《の》み込めないな」

「亜美は無断で持ち出した一グラムの青酸カリを会社のトイレに流したと言いましたが、実はいまも持ってるんですよ。とっさに嘘《うそ》をついたのは、毒物を取り上げられたくなかったからだったんです。そうだよな？」

森が、かたわらの亜美に目を向けた。亜美が無言でうなずく。

「なぜ、青酸カリを処分しなかったの？」

「平松さんを奥さんの許《もと》に返してあげたら、わたし、この世を去るつもりでいたんです。でも、正宗ちゃん、いいえ、森さんにわたしが福山社長殺しの犯人にされてしまうかもしれないと言われて、まだ青酸カリを隠し持ってることを打ち明けたんです」

「青酸カリを見せてくれないか」

半沢が言った。亜美が首から銀色のロケットを外し、ハートの形をしたペンダントの蓋《ふた》を開けた。

奈穂は立ち上がって、亜美の手許《てもと》を見つめた。ペンダントの底には、ビニール袋にくるまった無色の粉が入っていた。

「草刈、それをすぐ鑑識に回してくれ。それが一グラムの青酸カリと判明したら、戸浦さんは完全にシロだ」

「そういうことになりますね」

草刈が亜美からロケットごと受け取り、すぐさま刑事課の出入口に向かった。

「福山社長に会いに行く前にゴリラのゴムマスクを被った男に『仙華堂』の最中を奪われたという話も嘘だったんですか？」

奈穂は亜美に問いかけた。

「いいえ、その話は事実です。最中泥棒は紙袋を引ったくると、すぐ路地に逃げ込んだんです。だから、目撃者が見つからなかったんだと思います」

「体つきから察《さっ》して四十年配ということでしたが、ほかに何か特徴は？」

「髪は、やや長めでした。ゴムマスクの両側から横の髪の毛が食《は》み出してましたから。それから、右手の指先に何か塗料みたいな物がくっついてました。塗装工なのかもしれませんね」

「そうなのかな」

「わたしが青酸カリのことで嘘をついてしまったんで、警察の方たちには大変ご迷惑をかけてしまって、申し訳ありませんでした。正宗ちゃんを巻き込んでしまったことも深く反省しています。みなさん、お赦しください」

亜美が深く頭を垂れた。森が亜美に倣《なら》って、腰を折った。

「今夜は森の奢《おご》りで、みんなで飲むか」

草刈が軽口をたたいた。村尾が拍手した。

奈穂は半沢に笑顔を向けた。半沢が目で笑った。

これで、捜査は振り出しに戻ってしまった。しかし、これでよかった気がする。

奈穂は静かに着席した。

3

刺身の盛り合わせが運ばれてきた。

職場の裏手にある小料理屋『小糸《こいと》』の小上《こあ》がりだ。半沢は座卓を挟《はさ》んで、森や亜美と向かい合っていた。午後七時過ぎだった。

「親方のおかげで、亜美は無罪になりました。ありがとうございました」

「半沢さんには、本当にお世話になりました。改《あらた》めてお礼を申し上げます」

森につづいて、亜美が謝意を表した。

「もういいって。鑑識係からロケットの中身は一グラムの青酸カリだという報告を受けたときは、本当にほっとしたよ。これで戸浦さんの殺人容疑が消え、森の犯人隠匿罪は成立しないと思ったんでな」

「親方が捜一の連中に頭を下げてくれなかったら、無断で父親のメッキ工場から青酸カリを持ち出した亜美は窃盗容疑で取り調べを受けてたでしょう。それから、自分も月岡さんを突き飛ばしてますので、公務執行妨害罪で手錠《ワッパ》打たれてたでしょう」

「本庁の旦那方だって、別件逮捕は避けたいと考えていただろうし、ましてや内輪揉《も》めなんかしたいと思っていなかったと思うよ」

「そうでしょうか。署を出るとき、草刈さんが言ってました。桜田門の須貝警視と志賀警部は亜美の身柄《ガラ》を窃盗容疑で押さえて、自分を懲戒処分に追い込むつもりでいたんだって。そこを親方が頼み込んだんだから、恩を忘れるなよと言われました」

「草刈の奴、余計なお喋りをしたもんだ。おれの力じゃないんだよ。鳩山署長が口添えしてくれたから、二人ともお咎《とが》めなしってことになったんだ。機会があったら、一言お礼を申し上げたほうがいいな」

「そうします」

亜美が森よりも早く答えた。森も同調する。

「二人とも遠慮なく食べてくれ。それから、大いに飲んでくれよ」

「せっかくですけど、車なので……」

「タクシーで戸浦さんを自宅に送り届けてから、自分の塒《ねぐら》に帰ればいいじゃないか」

半沢は言って、三人分の焼酎《しょうちゅう》のロックを作った。三人は乾杯し、思い思いにグラスを口に運んだ。

「何か喜ばしいことがあったようですね。これは、店からのサービスです」

五十年配の女将《おかみ》がそう言いながら、鮭《さけ》の西京《さいきょう》漬《づ》けを座卓に並べた。三人前だった。

半沢は恐縮し、礼を述《の》べた。

芝で生まれ育った女将は江戸っ子らしく、気っぷがいい。いつも一、二品、酒肴《しゅこう》をサービスしてくれる。かれこれ八年も店に通っているが、女将は客に馴《な》れ馴れしく接することはない。それでいて、人柄は温かかった。

「どうぞごゆっくり」

女将がにこやかに言って、さりげなく遠ざかった。

若いころは小股《こまた》の切れ上がったいい女だったのだろう。しかし、男運には恵まれなかったようだ。町田の中心部から離れた裏通りで、地味な商売をしている。そういう無器用さが女将の魅力なのだろう。

半沢はそう思いながら、真鯛の刺身を口に入れた。歯応えがあって、甘みもある。新鮮な証拠だ。

「おれ、親方のことを実の父親よりも尊敬してるんだ」

森が、かたわらの亜美に言った。

「うん、なんとなくわかるわ」

「半沢係長はのっそりとした感じだけど、実は署内一の敏腕刑事なんだよ。といっても、他人を出し抜いて手柄を立ててるわけじゃない。それから犯罪を憎んではいても、加害者の人格や誇りは認めてる。要するに、器《うつわ》が大きいんだな」

「森、もう酔っ払ったのか。おれの話よりも、きみらのことを喋ろうや。二人を見てると、従兄妹《いとこ》同士か何かに見えるよ」

「従兄妹同士ですか」

「不満そうな口ぶりだな。新婚の夫婦にも見えなくもない」

「自分と亜美は、ただの幼馴染みですよ」

「えっ、正宗ちゃんはそうとしか思ってなかったの⁉　てっきりわたしのことを……」

亜美が言い澱《よど》んだ。

「好きさ、亜美のことは。だけど、ガキのころから知ってるから、告白のタイミングを逸《いっ》してしまったんだよ」

「わたしも、そうだったの。高校生のころ、正宗ちゃんにラブレターを二度ほど書いたことがあるの。だけど、照れ臭くて投函《とうかん》できなかったのよ」

「そんなことがあったのか。そう言えば、おれも胸の想《おも》いを伝えられなくて、自作のラブソングをテープに録音したことがあったな」

「男のくせに、だらしがないんだから。告白されてたら、わたし、正宗ちゃんの彼女になってたのに。でも、もう遅いわね」

「妻子持ちの男とずるずるとつき合ってても、幸せになれないぞ」

森がスマートフォンに言った。亜美が困惑顔になった。

「そういう話は、二人だけのときにするもんだ」

半沢は森に助言した。

「二人っきりのときは、自分、こういう話はできないんですよ」

「しかし、いまはまずいだろうが？」

「いいんです」

亜美が半沢に言い、森に顔を向けた。

「わたし、平松とは別れることにしたの」

「えっ、死ぬほど好きだったのに⁉」

「いまも彼のことは好きよ。だけど、自分の愛を貫《つらぬ》こうとしたら、奥さんを傷つけることになるでしょ？」

「そうだろうな」

「平松夫人は夫の背信によって、心のバランスを崩しかけてるみたいなの。彼は詳《くわ》しいことは話したがらないけど、精神的なダメージは大きかったようね。夫婦仲がしっくりいってなかったら、ひとり息子にも悪い影響が出てくるかもしれないわ」

「平松は、いい加減な奴だな。結婚してるのに独身女性と不倫するなんて、無責任すぎるよ。妻を泣かすことになるし、亜美も苦しめることになる。だいたい平松は奥さんと別れる覚悟があって、亜美と親密な関係になったのかね。適当に遊ぶ気だったんじゃないのか？」

「正宗ちゃん、怒るわよ。平松さんはそんな男性《ひと》じゃないわ。彼は真面目な気持ちで、わたしとつき合ってたはずよ。その証拠に、平松さんは家庭を棄てると言ったの。でも、わたしがそれに強く反対したのよ。妻子のいる相手を好きになってしまったのは、このわたしなの。奥さんや子供を傷つけたのはこちらなんだから、そこまで望んだら、罰が当たると思ったのよ」

「そこまで思い遣《や》れるのに、なんで妻子のいる男にのめり込んじまったんだよっ」

森が辛そうに言って、グラスを呷《あお》った。半沢は焼酎のボトルを黙って持ち上げ、部下のグラスに注《つ》いだ。

「理性では抑《おさ》え切れないのが恋愛感情でしょ?」

「それはそうだが……」

「正宗ちゃんは、本気で誰かを愛したことがないんだと思うわ。確かに惚《ほ》れるって、狂うことなのよ。自分で感情をコントロールできなくなっちゃうし、周囲の人たちなんか見えなくなるの。見えるのは、心を奪われた相手だけになってしまう」

「そうなんだろうが、一途《いちず》な恋は危険だよ」

「ええ、そうね。でもね、恋愛中はとっても利己的になっちゃうものよ。自分の想いをなんとか叶《かな》えたいという気持ちだけが募《つの》るの。言い訳に聞こえるだろうけど、もともと恋愛ってエゴイスティックなものなんだと思うわ」

「だからって、不倫を正当化するのはおかしいよ」

「別に正当化するつもりなんかないわ。わたし、心のどこかで平松さんの奥さんと息子にずっと後ろめたさを感じてたの。それでも、彼と離れられなかったのよ。心が癒《い》やされたし、生きる張りも与えてくれたから。許されることなら、平松さんを独占したかったわ。だけど、それはルール違反だから、わたしは苦しくなって……」

「自殺したいと思うようになったんだ？」

「ええ、そう。でも、いざ死ぬとなったら、ためらいが生まれて自死はできなかったの。こんな状態が長くつづいたら、わたしは発狂してしまうかもしれないと思ったわ。そんなことよりも、大好きな男性を悩ませることが心苦しくなってきたの。だから、平松さんとは終わりにする決心をしたのよ」

「よく決心したな。次の彼氏に巡り逢《あ》えるまで、おれが亜美を支《ささ》えてやるよ」

森が幼馴染みの肩を軽く叩《たた》いた。

隣の娘《こ》に惚れているのだったら、勇気を出して裸の心を見せろ。

半沢は胸の中で、森をけしかけた。

そのすぐ後、森と目が合った。半沢は目顔《めがお》で促した。だが、森は怪訝《けげん》な表情を見せただけだった。

恋も駆け引きが大事なのに、無器用な男だ。そういうところが森の魅力にもなっているわけだから、許すべきか。

半沢は手酌《てじゃく》でグラスに芋《いも》焼酎を注ぎ足《た》し、豪快に飲んだ。

「余計なことかもしれませんが、『ピースファイナンス』の債務者の中に塗装関係の仕事をしてる男がいるかどうか調べてみたら、いかがでしょう？　最中《もなか》を横奪《よこど》りしたゴムマスクの男が福山社長を毒殺した疑いが濃いと思うんです」

亜美が言った。

「そうだね。明日にでも『ピースファイナンス』に行って、残務整理をしてる従業員に顧客名簿を見せてもらうよ」

「福山の死を悼《いた》む気持ちはあまりありませんけど、早く犯人を捕まえてほしいですね。疑われた者としては、加害者が検挙されないと、なんとなく落ち着きませんので」

「捜査に熱を入れるよ。もっと食べて、酒も飲んでほしいな」

半沢は言って、亜美のグラスを満たした。

本庁の月岡と鈴木が店にふらりと入ってきたのは、あらかた肴《さかな》を平らげたころだった。

「月岡さん、例のことでは申し訳ありませんでした。よかったら、一緒に飲みませんか？」

森が声をかけた。

「また、突き飛ばされそうだから、別の店に行くよ」

「そう言わずに……」

「おたくと一緒に飲む気にならねえんだよ」

月岡が言い放ち、鈴木刑事と荒々しく店を出た。

「大人げない奴だ。森、放っとけよ。三人で飲もう、飲もう！」

半沢は牛肉のたたきを三人前注文し、煙草に火を点《つ》けた。

奈穂が『小糸』に駆け込んできたのは十数分後だった。緊張した顔つきだった。

「何があった？」

半沢は訊いた。

「何者かが『ピースファイナンス』の事務所に火を放ったらしいんですよ」

「なんだって⁉」

「福山社長を殺した犯人が手がかりを消したくて、放火したんじゃないかしら？」

「考えられるな。すぐ現場に行こう」

「はい。わたし、表に出てます」

奈穂が小上がりから離れた。

「きみらは、ゆっくり飲んでから帰ればいい」

「親方、自分も臨場《りんじょう》しますよ」

「いいから、いいから」

半沢は森を手で制し、急いで靴を履《は》いた。女将が近づいてきた。

「事件ですか?」

「うん、まあ。森たちに好きなだけ飲ませてやってくれないか。もちろん、勘定はこっちに付けといてほしいんだ」

「わかっていますよ」

「それじゃ、よろしく!」

半沢は女将と板前に片手を挙げ、あたふたと店を出た。奈穂とともに、署に駆け戻る。

二人は急いでスカイラインに乗り込んだ。奈穂の運転で、火災現場に急ぐ。

五分そこそこで、現場に到着した。

『ピースファイナンス』のある三階の窓から、炎が噴き出している。雑居ビルの前には五台の消防車が連《つら》なっていた。放水中だったが、火の勢いは鎮《しず》まる様子がない。

半沢は覆面パトカーの助手席から飛び出し、消防隊員のひとりに声をかけた。身分を明かし、失火原因を確認する。

「放火です。ゴリラのゴムマスクを被った中年男が『ピースファイナンス』のドア・ロックを壊し、事務所内に灯油を撒《ま》いて火をつけたようです」

三十代半《なか》ばの消防隊員が告げた。

「そいつを目撃した者の氏名と連絡先を後で教えてほしいんだ」

「わかりました」

「消火に手間取ってるようだね」

「ええ。ご覧のように両側の建物がぎりぎりまで迫っているので、ホースを出火箇所のそばまで伸ばせないんですよ。それに、階段も狭いですからね」

「そうだな。連れに、目撃者の連絡先を教えてやってくれないか」

半沢は雑居ビルの出入口に近づいた。

消防署員は消火作業に熱中していて、とても声をかけられる雰囲気ではない。半沢は道路の端に立ち、消火作業を見守った。

火の勢いが弱まったころ、奈穂が近寄ってきた。

「放火犯を目撃した方は四人です。いずれも、この近くで働いてる方たちだそうです」

「メモは執《と》ったな?」

「はい」

「それじゃ、聞き込みに回ろう」

二人は放水の飛沫《しぶき》を浴びながら、目撃者を訪ね歩いた。

四人の目撃証言から、犯人は雑居ビルに入るときにはゴムマスクを被り、赤いポリタンクを提《さ》げていたことが明らかになった。両手には白い軍手を嵌《は》めていたらしい。

放火後、犯人は仮面で顔を隠したまま、町田街道とは逆方向に走り去ったという。そのときは何も手にしていなかったという話だった。

半沢たちは聞き込みが終わると、火災現場に戻った。すでに鎮火《ちんか》していた。半沢は現場を自分の目で見たかったが、検分中ということで、雑居ビルには入れてもらえなかった。

二人は署に戻り、それぞれ帰途《きと》についた。

世田谷区喜多見の自宅に戻ると、妻の寛子《ひろこ》が居間から現われた。五十一歳である。化粧を落としているからか、小皺《こじわ》や染《し》みが目立つ。

「飲んでるみたいね？」

「つき合いで、ちょっとな」

「どうせ若くて美しい女刑事と一緒だったんでしょ？」

「そうじゃない。森と飲んでたんだ」

「嘘ばっかり！　そりゃ、若い女といるほうが愉《たの》しいでしょうよ」

「なんだか機嫌が悪いな。望と口喧嘩でもしたのか」

半沢は靴を脱いで、玄関ホールに上がった。

家の間取りは４ＬＤＫだ。敷地は五十数坪だった。庭には、割に大きな犬小屋が置いてある。そのため、庭が狭く感じられる。

飼っていた柴犬《しばいぬ》は、去年の初夏に死んでしまった。老衰だった。犬小屋には死んだ愛犬の匂《にお》いがこびりついていて、いまも壊せないのだ。

「きょうがどういう日か忘れてしまったのね」

「なんの日だったっけ？」

「二十七回目の結婚記念日でしょうが！　あなたの好物ばかり用意して、シャンパンも買っておいたのに。それだけじゃないわ。薫もわざわざ実家にお祝いに駆けつけてくれたのに、外で若い女と飲んできたりして。ひどすぎるわ」

「伊織巡査と飲んでたんじゃないっ。森と一緒だったと言っただろうが！」

「疚《やま》しい気持ちがあるから、そんな大声で否定するんだわ。小娘のどこがいいの？いまどきの若い娘は強《したた》かなのよ。五十男だって、平気で誑《たぶら》かすんだから」

「つまらない邪推《じゃすい》をするな。いい年齢《とし》して、みっともないぞ」

「開き直る前に、バラの花束ぐらいプレゼントしてよ。わたしは二人の息子の面倒を見ながら、お父さんに尽《つ》くしてきたんだから」

「うっかり結婚記念日を忘れてたことは悪いと思ってるよ。だからといって、そんな小さなことで目くじらをたてることはないじゃないかっ」

「小さなことですって⁉　ひどい、ひどすぎる。お父さんは、わたしのことをメイドか何かと思ってるのね。だから、そんな台詞《せりふ》を吐けるんだわ」

妻が一段と気色《けしき》ばんだ。

「おれは事件捜査で疲れてるんだ。家庭は安らぎの場にしてほしいね」

「お父さんは自分さえよければ、それでいいのね。家族に対する愛情が足りないのよ」

「いまさら、何を言ってるんだっ。家族が大事だと思ってるから、これまで浮気一つしないで、妻子を支えてきたんじゃないか」

「ええ、いままではね。でも、一年数カ月前から若い女刑事に心を奪われかけてるじゃないの」

「くだらん妄想《もうそう》はやめろ！　更年期なんだろうが、難癖をつけるなんて最低だぞ」

「ええ、わたしは最低の女よ。お父さんがそこまで冷たいことを言うんだったら、もう一緒にやっていけないわ。この家を出ていきます」

「娘っ子みたいに拗《す》ねるんじゃない！」

半沢は言い返した。売り言葉に、買い言葉だった。

寛子が悲鳴に似た泣き声をあげ、居間に接している和室に走り入った。夫婦の部屋だった。すぐに襖《ふすま》は閉ざされた。

「勝手にしろ！」

半沢は小脇に抱えていた上着を床に叩きつけた。

そのすぐ後、二人の息子が二階から降りてきた。長男の薫が話しかけてくる。

「結婚記念日を忘れるのはまずいよ。女はいくつになっても、そういうことは大切な行事と思ってるんだから」

「明日、ハンドバッグでも贈るよ」

「物を贈ればいいってもんじゃないんだよな。大事なのはハートだよ」

「そうだよ、父さん。とにかく、きょうの記念日を忘れたことをまず謝らなきゃね」

次男の望が兄に同調した。

「そんなの、照れ臭いよ。なんか芝居じみてるようで、抵抗があるんだ」

「父さんが折れないと、拗《こじ》れることになりそうだな」

「その程度のことで夫婦関係が駄目になるなら、早くぶっ壊れちまえばいいんだ」

半沢は上着を拾い上げ、居間に入った。息子たちが顔を見合わせ、ほとんど同時に溜息《ためいき》をついた。

半沢はリビングのソファに坐り、煙草に火を点けた。

ふた口ほど喫《す》ったとき、和室から妻が出てきた。化粧をし、トラベルバッグを右手に提げている。表情は険《けわ》しい。

「こんな夜分に、どこに行くつもりなんだ?」

半沢は寛子に問いかけた。

だが、妻は黙したままだった。玄関ホールに出ると、長男が母親に話しかけた。

「おふくろ、何を考えてるんだ？」

「わたしはこの家には必要のない人間みたいだから、出ていくのよ」

「ちょっと待ちなって」

「薫も望ももう大人なんだから、自分の力でしっかり生きてちょうだい。落ち着き先が決まったら、子供たちには連絡するわ」

「母さん、おれと一緒に自棄酒《やけざけ》を飲もう。そうすれば、きっと気分が晴れるって」

「望は優しいわね。誰かさんとは大違いだわ」

「兄貴だって、父さんだって、思い遣りはあるよ。でも、二人とも、ぶっきら棒だから、うまく気持ちが伝わらないだけなんだ」

「望は学校の勉強はできなかったけど、人間としてはAランクよ。いい子だわ」

寛子が次男に言い、パンプスを履く気配が伝わってきた。

好きにすればいい！

半沢は灰皿の底で煙草の火を揉み消した。

4

耐火金庫は原形を留《とど》めていた。

だが、赤く焼け爛《ただ》れている。無残だった。

奈穂は焼け跡に立っていた。『ピースファイナンス』の社長室だ。

焦げた床は水浸しだった。ところどころコンクリートが剝《む》き出しになっている。まだ焦げ臭かった。

「放火犯の遺留品《リュウ》らしき物は何も見当たらないな」

事務フロアで、半沢が言った。

「こちらも同じです」

「火を放った男は軍手をしてたらしいから、ドア・ノブに指紋《モン》も付いてなかったと鑑識係が言ってた」

「回収した溶けたポリタンクからも、何も検出されなかったんですね？」

「ああ。放火の際《さい》に使われたターボライターの指紋もきれいに拭《ぬぐ》われてたそうだ」

「犯人には、前科歴があるんでしょうか？　遺留品や指紋を現場に遺《のこ》さないよう細心の注意を払ってるようですから」

「それだけで犯歴があると思うのは、ちょっと早計だな。前科者じゃなくても、推理小説やサスペンスドラマで犯行をごまかす手口をいろいろ学んでるんだ」

「ええ、そうですね」

奈穂は口を結んだ。

二人は福山社長の未亡人を待っていた。待ち合わせた時刻は午前十一時だった。あと六、七分ある。きのう、被害者の告別式があった。放火した犯人はそのことを知っていて、この事務所に忍び込んだと思われる。

「耐火金庫の中の顧客名簿と借用証は焼けてないだろう」

半沢がそう言いながら、歩み寄ってきた。

「債務者の中に塗装関係の仕事をしてる男性がいたら、マークするんですね？」

「一応な。しかし、ゴムマスクの男の指先に塗料らしいものが付着してたからといって、塗装関係の職業に就《つ》いてるかどうかわからない」

「そうですね。親方、なんだか元気がないようですが、体調がすぐれないんですか？」

「そうじゃないんだ。昨夜《ゆうべ》、妻を怒らせてしまったんだよ。きのうが二十七回目の結婚記念日だってことをうっかり失念してたもんでね」

「あら、あら！」

「それで、夫婦喧嘩になってね。怒った妻は、きのうの晩、トラベルバッグに着替えを詰めて家を出ていったんだ」

「係長、奥さんを追わなかったんですか⁉」

「ああ。若いときと違って、なんか素直になれなくてね」

「奥さんは係長が追ってくるだろうと思って、強がって見せたんだと思いますよ」

「そうなんだろうか」

「奥さんは肩透《す》かしを喰《く》ったような気持ちで、ビジネスホテルかどこかに泊まったんでしょうね」

「さあ、どこに泊まったんだか」

「奥さん、携帯かスマホを持ってらっしゃるんでしょ？」

「ああ、ガラケーを使ってる」

「それだったら、すぐに電話して結婚記念日を忘れたことを謝るべきですよ」

「今朝《けさ》、息子たちにも同じことを言われたんだが、こっちもなんか意地になっちゃってな」

「そんなふうに呑気《のんき》に構えてたら、熟年離婚を迫られちゃいますよ。五、六十代の主婦たちが夫と別れて、独《ひと》り暮らしをしたがってるみたいですので。よくわかりませんけど、妻も夫の厚生年金の半分は貰えるようになったらしいから、パートで働けば、なんとか経済的には自立できるでしょ？」

「ま、そうだろうな」

「夫婦喧嘩の原因は何だったんですか？」

奈穂は訊いた。半沢は一瞬、うろたえたようだった。

「まさか浮気したわけじゃないですよね？」

「残念ながら、そんな甲斐性《かいしょう》はないよ。結婚記念日を忘れたぐらいで薄情者扱《はくじょうものあつか》いされたんで、つい腹を立ててしまったんだ」

「それはいけませんね、職場では気配りの塊《かたまり》みたいなのに」

「ほかの夫たちもそうだろうが、長年連れ添ってるパートナーのことはどうしても二の次になってしまう。心の中では、それなりに感謝してるんだがね」

「その気持ちを言葉で表さないと、夫婦って、いつしか心が寄り添わなくなっちゃうんじゃないかしら？　あら、いやだ。人生の大先輩に生意気なことを言ってしまったわ。ごめんなさい」

　奈穂は詫びた。半沢は笑って許してくれた。

　会話が途絶《とだ》えたとき、福山千春がやってきた。チャコールグレイの麻のスーツが似合っていた。白いブラウスが目に沁《し》みる。

「お取り込み中なのに、わざわざご足労《そくろう》いただいて申し訳ありません。やはり、奥さんに立ち合っていただかないと……」

　半沢が未亡人に言った。

「それはいいんです。でも、金庫のダイヤルは動くのかしら？」

「さっきダイヤルを検《しら》べてみたんですが、ちゃんと動きました」

「そうですか」

千春が上着のポケットから紙切れを抓《つま》み出し、耐火金庫の前に屈《かが》み込んだ。メモを見ながら、ダイヤルを何度か左に回した。次に右に幾度かダイヤルを動かし、また左に回転させる。

半沢が未亡人の手許を見ながら、白い布手袋《ぬのてぶくろ》を嵌めた。奈穂は上司に倣《なら》った。

一分足らずで金庫の丸い扉が開けられた。奈穂は千春の肩越しに、庫内を覗《のぞ》き込んだ。

帯封の掛かった札束が十束ほど無造作に積み上げられている。最上段には顧客名簿と借用証の束が入っていた。

「顧客名簿を見せてください」

半沢が未亡人に頼んだ。

千春は快諾《かいだく》し、黒表紙のファイルを金庫の中から取り出した。半沢はファイルを受け取ると、すぐに頁《ページ》を繰《く》りはじめた。奈穂は未亡人から借用証の束を借り受けた。

借用証は百枚以上はあった。どれも高金利だった。

十枚に一枚の割で、借用証には赤い付箋《ふせん》が貼《は》られている。いずれも多重債務者だった。リスキーな客という意味だろう。

「年利六十パーセントなんてものもありますね」

奈穂は未亡人に言った。

「仕事のことはよくわからないんです。でも、弁護士さんと相談して一律に年利二十パーセントに下げようと思ってるんです。債権総額がどのくらいになるかわかりませんが、それで従業員の退職金を払えればと考えてるんですよ」

「そうですか」

「わたしには福山の遺産が入りますから、貰い過ぎた金利分は債務者の方たちにお返しするつもりでいます」

「そうされたほうがいいでしょうね」

「ええ」

千春が立ち上がった。奈穂は半沢に顔を向けた。

「塗装関係の仕事に就いてる債務者は、まったくいないな」

半沢が呟いた。

「ひとりもいませんか？」

「ああ、いないね」

「犯人は塗装工じゃないようです」

「そう考えたほうがよさそうだろうな」

「何か手がかりを得られると思ってたんですけど……」

奈穂は肩を落とした。

数十秒後、本庁の志賀と月岡が焼け跡に現われた。奈穂と半沢は二人に目礼した。

「所轄が先に捜査資料を押さえて、犯人の割り出しを急ぐ気だったようだな」

志賀警部が半沢に言った。

「そんな卑怯なことは考えてませんでしたよ。『ピースファイナンス』の顧客名簿と借用証を借りたら、当然、捜査本部《チヨウバ》に持っていくつもりでいました」

「そうかな。疑わしい気もするがな」

「志賀警部、そういうおっしゃり方は半沢係長に失礼だと思います」

奈穂は話に割り込んだ。

「新人ながら、気が強いね。母方の叔父が警察庁の有資格者《キャリア》のせいかな」

「叔父のことは関係ないでしょ！　わたしは思ったことをストレートに言っただけですっ」

「おまえ、自分の立場を弁《わきま》えろ」

月岡が顔をしかめた。

「職階の上の方には、自分の意見を述べてはいけないんですか？」

「警察は階級社会なんだっ。巡査が警部に言いたいことを言っていいわけないだろうが。ちょっと美人だからって、いい気になるな」

「わたし、美人じゃありませんよ。それに、いい気にもなっていません。ただ、尊敬してる上司を侮辱《ぶじょく》するような言動は赦《ゆる》せないと思っただけです」

「桜田門を敵に回したら、得なことなんかないぞ」

「そのくらいにしておけ」

志賀が月岡を窘め、半沢に皮肉を浴びせた。

「姐御肌《あねごはだ》の部下を持つと、心強いだろうね」

「ええ、まあ」

「捜査資料は、わたしが預かる。おたくたちは引き揚げてくれ」

「いいでしょう」

半沢が言って、奈穂に目配せした。奈穂は忌々《いまいま》しかったが、上司の後から火災現場を出た。

エレベーターは使えなかった。二人は階段を下《くだ》って、雑居ビルを出た。

「未亡人が出てくるのを待とう」

半沢が言った。

「聞き込みをするんですね？」

「いや、自宅に何か手がかりがあるかもしれないだろう」

「あっ、そうですね」

「生前、福山が使ってた書斎なんかを見せてもらおうじゃないか」

「はい」

二人は雑居ビルの斜め前の路地に身を潜《ひそ》めた。

志賀と月岡が外に出てきたのは十四、五分後だった。二人は、すぐに公用車で走り去った。

それから五分ほど経過したころ、千春が雑居ビルから現われた。ビニールの手提《てさ》げ袋を重そうに持っている。中身は、耐火金庫から取り出した札束だろう。

半沢が未亡人に歩み寄って、何か話しかけた。奈穂はゆっくりと二人に近づいた。

「それでは、わたしの車の後から……」

千春が路上に駐めてあるドルフィンカラーのＢＭＷのリアシートに手提げ袋を入れ、運転席に坐った。５シリーズだ。新車なら、七百万円以上するのではないか。

奈穂たちはスカイラインに乗り込んだ。

ＢＭＷが走りはじめた。覆面パトカーも発進する。千春は近道を選びながら、青葉台の自宅に戻った。

奈穂たちは家に請《しょう》じ入れられた。被害者の遺骨に手を合わせてから、未亡人に案内を頼んだ。

最初に導かれたのは二階の書斎だった。

十五畳ほどの広さで、出窓の近くには両袖机《りょうそでづくえ》が据《す》えられている。桜材だった。

書棚には、古今東西の文学書、歴史書、美術全集、百科事典がびっしりと埋まっていた。だが、読まれた形跡はなかった。

奈穂は、机の最下段の引き出しに拷問に関する書物が十数冊収まっているのに気づいた。国内外の本だった。その多くは図版入りだ。

「ご主人の趣味なんですか？」

奈穂は未亡人に訊いた。

「福山は、残酷なものに興味があったんです。以前はネットで、ブラジルやタイから死体の写真ばかり掲載されてる雑誌を取り寄せてました。わたしが気味悪がったんで、処分したようですけど」

千春が言った。半沢は書棚の本を一冊ずつ引き抜いていたが、これといった収穫はなかったようだ。

「ご主人がよく独りで籠ってた部屋はあります？」

「家にいるときは、たいてい地下のオーディオルームで寛《くつろ》いでましたね」

「見せてもらえます？」

「ええ、いいですよ」

未亡人が先に書斎を出た。奈穂たちは階下に降り、さらに地下室に下《くだ》った。

オーディオルームは四十畳ほどの広さだった。

高額なオーディオ機器が並び、五十五インチのテレビもあった。総革張りのソファは純白だった。壁面と床はオフブラックだ。ラックごとに、ＬＰレコード、ＣＤ、ＤＶＤが分類されていた。その数は夥《おびただ》しかった。

「どうぞご自由にお検べください。わたし、ちょっと着替えてきますので」

千春がそう言って、オーディオルームから出ていった。

奈穂は半沢と手分けして、ラックの奥に何か隠されていないか物色しはじめた。

ＬＰレコードのラックの前に立っていた半沢が奈穂の名を呼んだのは、およそ十分後だった。

「ＬＰレコードの裏に、このスクラップブックが隠されてたんだ。全国紙の縮刷版を拡大コピーした記事の切り抜きが幾つも貼ってある」

「どんな記事なんです？」

「十代の少女の失踪《しっそう》事件を報じたものばかりだよ。全部で八件だな」

「ちょっと気になりますね」

奈穂はＤＶＤのラックから離れ、半沢に歩み寄った。半沢は立ったまま、黄ばんだスクラップブックに貼られた記事を読んでいた。

「失踪者は中学生から高校生ばかりだな」

「ちょっと見せてください」

奈穂はスクラップブックを受け取り、記事に目を通しはじめた。三番目の事件報道に接したとき、彼女は危《あや》うく声をあげそうになった。

失踪少女の実名は伏せられていたが、事件背景から思い当たる人物だったからだ。中学時代にいじめに遭《あ》っていた奈穂を庇ってくれた隣のクラスの高坂茉利にちがいない。茉利は中学三年の夏に何者かに拉致《らち》されて以来、現在も消息不明だ。すでに八年余の歳月が流れている。

高坂茉利をさらったのは、殺された福山だったのだろうか。

奈穂は不思議な巡り合わせを感じた。

「何か驚いたようだが……」

半沢が探るような眼差《まなざ》しを向けてきた。奈穂は三番目の記事を指《さ》しながら、事件の被害者が旧友である可能性が高いことを告げた。

「事件が発生したのは、きみの地元の国立市だな。それから八年前、きみも失踪少女も中三だった」

「ええ。その少女が最後に目撃されたのは、一橋大学の裏手だと書いてありますよね。高坂茉利さんの一家は、そこから二百メートルほど離れた借家に住んでいたんです。父親の職業がトラック運転手と出てますけど、その男性は彼女の実父じゃないんです。母親の再婚相手なんですよ」

「つまり、継父《ままちち》ってわけだ」

「ええ。事件発生場所、保護者の職業が一致してますから、失踪者はわたしの恩人の高坂茉利さんにちがいありません」

「八年も前の事件か。その彼女は、もう殺されてしまったかもしれないな」

「係長、そんなことを言わないでください。わたし、必ず高坂さんを捜し出します」

「なぜ、福山は少女失踪事件に異常とも言える関心を寄せてたのか。彼が八つの事件の加害者なんだろうか」

「それはわかりませんが、福山は残虐《ざんぎゃく》な事柄に強い関心があったようです」

「何か根拠でもあるのか？」

半沢が訊いた。奈穂は、故人が拷問に関する書物を集めていたことと未亡人に模造手錠を掛けた事実を語った。

「そういうことなら、福山が少女たちを次々に拉致して、どこかに監禁してたのかもしれないな。あるいは自分と同じような性的嗜好を持つ少女誘拐犯に興味を覚え、事件の犯人を突きとめて、交友のきっかけを作りたかったんだろう」

「どちらにしても、このスクラップブックを捜査資料として、お借りしましょうよ」

「ああ、そうしよう」

半沢がうなずいた。そのすぐ後、涼しげなホームドレスに着替えた千春がオーディオルームに戻ってきた。

「冷たいものを用意しましたので、リビングで一息入れてください。あらっ、そのスクラップブックはどこにあったんです？」

「ＬＰレコードの裏に隠されてました」

半沢がそう前置きして、詳しい話をした。みるみる未亡人の顔から血の気が失《う》せた。

「死んだ夫が一連の失踪事件の犯人だとしたら、完全に異常者ですね。わがままで欲の深い人間でしたけど、十代の女の子たちをどこかで嬲《なぶ》ってたとしたら、身の毛がよだつわ。そんな男と何年も暮らしてたと思うと、わたし……」

「まだ故人が一連の事件の加害者と決まったわけではありません。ところで、このスクラップブックをしばらく拝借したいんですが、よろしいですか？」

「どうぞお持ちになってください。返却の必要はありません」

「そうですか」

半沢が言って、小さく振り返った。辞去を促すサインだ。

奈穂は小走りに駆け、上司と肩を並べた。脳裏には、高坂茉利の顔がうかんでいた。

第五章　暴《あば》いた悪事

1

文字がぼやけはじめた。

半沢は事件調書から顔を上げ、目頭を軽く押さえた。署内の自席だ。

福山邸から職場に戻ると、半沢は少女失踪《しっそう》事件の捜査に当たった八つの管轄署に連絡し、事件簿をファクス送信してもらった。八つの事件は平成十一年から同二十七年の間に、東京都目黒区、千葉県木更津《きさらづ》市、埼玉県草加《そうか》市、山梨県甲府市、静岡県三島市、愛知県名古屋市、東京都国立市、神奈川県横須賀市で発生している。

そのうちの目黒区、木更津市、草加市の事件は解決済みだった。失踪した中学生や高校生の被害者はそれぞれ無事に保護され、犯人たちも服役中だ。

半沢は、その三件の供述書を二度ずつ読んだ。だが、加害者たちが福山常昌と接触をした痕跡《こんせき》はうかがえない。被害者たちとの接点もなかった。

逮捕された三人には何も繋《つな》がりはないが、そのうちの誰かが福山と接点があったのかもしれない。後で、服役中の犯人に会ってみることにした。

半沢は濃い茶を啜《すす》ってから、セブンスターをくわえた。緑茶を飲むと、なぜだか一服したくなる。

紫煙《しえん》をくゆらせていると、今井が近づいてきた。

「親方、福山の犯歴をチェックしてみて正解でしたよ」

「やっぱり、前科歴があったか」

「ええ。といっても、福山常昌の犯歴はゼロでした。しかし、旧姓の水島《みずしま》常昌名で前科歴が記録されてたんですよ」

「どういうことなんだ？」

半沢は問いながら、喫《す》いさしの煙草の火を消した。

「『ピースファイナンス』の社長だった男は二十四歳のとき、小平市内に住む女子中学生を三日間、八王子市内のモーテルに監禁して二年四カ月の実刑判決を受けてたんです」

「福山は、その女の子を犯したのか？」

「いいえ、レイプはしなかったようです。しかし、被害者を全裸にして犬の首輪を嵌《は》め、引き綱《リード》で引きずり回してたらしいんですよ。それから、食べ物も犬喰《いぬぐ》いさせてたようですね」

「異常者っぽい犯行だな。福山は出所後、旧姓だと暮らしにくいので、水島姓を棄《す》てる気になったのか？」

「そうなんでしょうね。刑務所を出た翌月に母方の伯母《おば》の福山定子《さだこ》の養子になってるんです。その伯母は独身の助産師だったんですが、福山がちょうど三十歳になったとき、脳卒中で亡《な》くなりました。彼は定子の遺産を元手に金券ショップを経営し、数年後に貸金業に商売替えしたんですよ」

「そうか。服役してたのは？」

「府中刑務所です。本社の若手が府中に向かいました。福山が服役してたころの刑務官が二、三人残ってるらしいんです」

「刑務官たちから、福山の性的嗜好や交友関係を改《あらた》めて探《さぐ》ろうってわけか」

「と思われます。親方、八件の事件調書から何か手がかりは？」

「残念ながら、これといった手がかりは得られなかったよ。桜田門の面々は甲府と三島で発生した事件を担当することになった。こっちは、名古屋、国立、横須賀の三件を……」

「わかりました」

「それで、ついさっき草刈と宇野が名古屋に向かった。伊織と森のペアは、国立に出かけた。堀切と村尾の二人は横須賀に行ったよ。そっちは、いつものように中継役をやってくれ」

「了解！」

「残りの事件調書を読み終えたら、おれは千葉刑務所に行って無期懲役囚の藤代《ふじしろ》農《みのり》に会ってみる」

「そいつは平成十五年に学校帰りの女子高生をライトバンに強引に乗せ、館山《たてやま》の他人の別荘に監禁した奴ですね？」

「ああ、そうだ。藤代は隙《すき》を見て逃げようとした被害者を追い詰め、石で撲殺《ぼくさつ》してしまったんだよ」

「ええ、そうでしたね。そんな野郎は、死刑にしてやればよかったんです」

「藤代は、もう長いこと服役してるんだ。少しは反省してるだろう」

「親方は基本的には死刑には反対でしたね？」

「大量殺人を犯した加害者は、極刑になっても仕方ないと思ってるよ。しかし、被害者がひとりの場合は死刑は重すぎるだろう」

「そうでしょうか。死刑判決は複数の人間の命を奪った者に下《くだ》されていますが、たとえ被害者がひとりでも殺人は殺人でしょ？」

「それはその通りなんだが、殺人者のすべてを死刑にしてしまうのは行き過ぎだろう。

殺意はなかったのに、相手を死なせてしまうケースもあるからな」

「たとえそうであっても、人殺しの罪は重いですよ。殺人の代償として、加害者は自分の命を差し出す。人間らしさを残してるんだったら、そうすべきでしょう」

「加害者を死刑にすれば、それで被害者の遺族は納得できるんだろうか」

「納得はできないでしょう、永久にね。しかし、諦《あきら》めがつくでしょ？　殺された身内は運が悪かったんだとね」

「それで、故人は成仏《じょうぶつ》できるのかな。加害者が長い年月をかけて心の底から自分の犯した罪を悔やみ、反省しなければ、真に償《つぐな》ったことにはならないんじゃないのか。それからな、ある意味では死刑よりも無期懲役のほうが辛《つら》いと言える」

「そうですかね。自分、そうは思いません。死刑になったら、加害者の人生は終わりです。しかし、無期懲役刑なら、十年前後で仮出所できます。模範囚と見なされて恩《おん》赦《しゃ》があれば、七、八年で自由の身になれます」

「そうだな」

「だったら、そのほうが得でしょ？」

「とは限らないさ。死刑確定囚は七、八年のうちにだいたい絞首室に送られる。再審請求を重ねて、十何年も生き延びた死刑囚もいることはいるがな。無期懲役囚の場合、十年前後は毎日、犯行のことを思い出して悪夢にうなされるかもしれないんだ。まさに生き地獄だろう。神経の細い人間なら、頭がおかしくなるんじゃないか」

「でも、発狂しなければ、出所後はそれなりに余生を愉《たの》しむことができるわけです。うまい酒や飯を味わえるんですからね。損得だけで言えば、絶対に得でしょ？」

「出所したからって、犯行そのものが加害者の記憶から消えるわけじゃない。生き地獄は、死ぬまで変わらないだろう。だから、死刑にされた罪人よりも辛い面もあるにちがいない」

「親方は、性善説支持者だからなあ」

今井が微苦笑した。

「人間は本質的には悪の塊《かたまり》と考えるのは哀《かな》しすぎるじゃないか。理性や道徳心で邪悪な衝動を抑《おさ》えてるだけだとしたら、なんだか生きてることが虚《むな》しく思えるだろうが？」

「戦争など極限状態に陥《おちい》ると、ごく平凡な人間が信じられないような残虐《ざんぎゃく》な行為に走ります。敵の家屋《かおく》を焼き払い、女を犯し、子供さえ殺してしまう。見苦しいけど、それが人間の本性《ほんしょう》でしょう？　ひと皮剝《む》けば、ただの獣《けだもの》ですよ」

「今井、もうやめよう。これ以上、本音をぶつけ合っても、妥協点《だきょうてん》は見つからないだろうからな。おれは青臭いのかもしれないが、どんな人間も捨てたもんじゃないと思ってる。いや、正確には、そう思いたいんだ。そう考えないと、他人に関心を持てないし、生きてる意味がないじゃないか」

「人間は単に存在してるだけで、充分に意義があると著名な哲学者が言ってますけどね」

「そうなのかもしれないが、おれはやっぱり他者と交わってこそ、人生なんだと思うよ。別に多くを望んでるわけじゃないが、関わりのできた人たちと出会えたことを素直に喜びたいんだ」

「その点については、自分も同じ考えです」

「やっと話が嚙み合ったな」

半沢は笑みを浮かべた。

今井が笑い返し、自分の席に戻った。半沢は、ふたたび取り寄せた事件調書に目を落とした。読み終えたとき、奈穂から電話がかかってきた。

「高坂さんの実家を森先輩と訪ねたんですけど、一家は三年半前に借家を引き払ってました」

「そうか。事件調書によると、消息不明の高坂茉利は事件当時、実母、継父、異父弟と一緒に暮らしてたはずなんだがな」

「ええ、そうですね。でも、高坂さんのお母さんは二度目のご主人と離婚して、息子とともに故郷の信州に戻ったらしいんです」

「転居先は？」

「大家さんに教えてもらいました。明日、森先輩と長野に聞き込みに行かせてもらえますか」

「いいだろう。ところで、森の様子はどうだ？」

「戸浦亜美さんが例の平松氏に昨夜《ゆうべ》、別れを告げたとかで、少し嬉《うれ》しそうでした。でも、時折、不安そうな表情も見せたんですよ」

「亜美さんが平松さんに対する未練を断《た》ち切れなくて、また死の誘惑に取り憑《つ》かれるんじゃないかという不安を覚えてるんだろう」

「そうなんでしょうね」

「森が暗い顔つきになったら、すかさず駄洒落《だじゃれ》を飛ばしてやれよ。なぞなぞ問題を出してもいいな。とにかく、幼馴染《おさなな じ》みのことを考えないようにさせるんだ」

「わかりました」

「頼んだぞ」

半沢は電話を切った。

それから間もなく、強行犯係の固定電話が鳴った。今井が素早く受話器を取る。遣《や》り取りは数分で終わった。

「堀切からの連絡でした」

今井が大声で半沢に報告した。

「横須賀の失踪女子中学生の自宅にもう着いたのか、堀切・村尾班は？」

「いえ、まだ途中だそうです。堀切が被害者宅に電話をかけたらしいんですが、どうも留守みたいだというんですよ。だから、署に戻るのは遅くなりそうだと……」

「わかった。おれは、これから千葉刑務所に行ってくる」

半沢は必要な事件調書の写しをショルダーバッグに詰めると、大股《おおまた》で刑事課を出た。

午後二時過ぎだった。タクシーと電車を乗り継《つ》いで、千葉刑務所をめざす。目的地に着いたのは、およそ二時間後だった。

半沢は受付で警察手帳を呈示し、服役囚の藤代農との面会を求めた。刑務官が所長の許可を得たのは、およそ十分後だった。

半沢は所内の面会室に案内された。数分待つと、作業服姿の藤代が刑務官と一緒に姿を見せた。三十代後半の優男《やさおとこ》だった。色白で、凶暴さはまるで感じさせない。

向かい合うと、藤代が上目遣《むづか》いで半沢の顔を見た。

「昔の事件のことをいまさら蒸し返されるのは、はっきり言って迷惑ですね。もう判決が下《くだ》って、わたしは服役中なんですから」

「事件そのものに触《ふ》れる気はないんだ。きみが逮捕されてから、報道関係者や身内のほかに誰か面識のない男が接触を試《こころ》みたことはないかな？」

「留置場や拘置所にそういう奴が面会に来たことはありません」

「面識のない人間から手紙が届いたことは？」

「そういうこともなかったですね。ただ、わたしの実家にフリージャーナリストと称する男が現われて、被害者の実名と遺族宅の住所を教えてくれと言い、兄に十万円入りの封筒を差し出したらしいんですよ」

「そいつの名は？」

「平凡な名前だったけど、思い出せないんです」

「それは、いつごろの話なのかな？」

半沢は畳みかけた。

「この刑務所に移された翌月でした。もう八年以上も前のことです」

「それで、きみのお兄さんはその男に被害者の名前や身内のことを教えたのかい？」

「いいえ、それは教えなかったはずです。兄は相手の得体が知れないんで、警戒したと言ってましたから」

「そのお兄さんは、実家にいるんだね？」

「いいえ、去年の秋に病死してしまいました。まだ四十前だったのに、末期癌《がん》で……」

「それは残念なことだね。それはそうと、きみは大人の女性は苦手なのかな？」

「牝《めす》になってしまった女どもは不潔な感じがして、好きではありません。まだ性体験もない中高生の女の子たちは初々《ういうい》しくて、すごく愛らしいですけどね。わたしが監禁した娘《こ》も純真で、かわいかったな。だから、王女様のように扱ったのに、逃げ出して、わたしの手を噛《か》んだんですよ。その上、わたしのことを変質者と罵《ののし》りました」

「そう」

「わたしは飼い犬に手を咬《か》まれたような気持ちになって、つい逆上してしまったんです。ですけど、殺す気なんかなかったんですよ。嘘《うそ》じゃありません。でも、気がついたら、相手は息絶《た》えてました」

藤代がうなだれた。その目には、涙が光っていた。

「きみの言葉を信じよう。しかし、人を殺した事実は確かだ。たとえ殺意がまったくなくても、その罪は重い。悔やんで苦悩しつづければ、いつか罪は償えるだろう」

「そうでしょうか」

「真っ当な人間になれば、きっと被害者も赦《ゆる》してくれるさ」

「そうだといいな」

「人間らしく生きて、身内を安心させてやれよ。協力してくれて、ありがとう！」

半沢は礼を言い、先に面会室を出た。

ひどく気分が重かった。殺された十代の少女は自分の運命を呪《のろ》いながら、息を引き取ったのではないか。藤代も魔が差したのだろう。被害者も加害者も不運といえば、不運だった。もちろん、悪いのは加害者の藤代のほうだ。

フリージャーナリストと名乗って藤代の実家を訪ねたのは、福山常昌だったのではないか。そうだったとしたら、彼の目的はなんだったのだろうか。

半沢は考えながら、最寄《もよ》り駅に向かった。

被害者の少女が生きていたら、福山はその彼女を自分の〝獲物〟にして、歪《ゆが》んだ遊戯を愉《たの》しむ気だったのかもしれない。だが、被害者はすでに他界している。

となると、考えられるのはただ一つだ。

福山は匿名《とくめい》報道された被害者の実名を突きとめ、少女の親から口止め料を強請《ゆす》る気だったのだろう。わが子が監禁中に受けた辱《はずか》しめの数々が三流週刊誌に暴露《ばくろ》されたら、死者の名誉は傷つく。被害者の両親は、脅迫者の要求に応じてしまうのではないか。

半沢はあれこれ推測しながら、午後六時過ぎに町田に着いた。

署の二階に上がると、なんと妻の寛子が伊織と談笑していた。半沢は一瞬、わが目を疑った。目を凝《こ》らしてみる。紛《まぎ》れもなく妻と部下だった。

寛子は、新人の女刑事がどんな娘か拝みに来たのではないか。なんて厭な女なのだろう。

半沢は腹を立てながら、強行犯係のフロアに近づいた。奈穂が先に気づいた。

「お帰りなさい。いま、奥さんから係長の若いころの話を聞かせてもらってたんですよ。ご長男が生まれた日は張り込みで、産院に行けなかったんですってね？」

「うん、まあ」

半沢は短く応じた。妻が振り向いて、ばつ悪げに言った。

「昨夜《ゆうべ》は、ちょっと大人気ないことをしたと反省してるわ。きのうは、相模大野《さがみおおの》の姉の嫁《とつ》ぎ先に泊めてもらったの」

「なんで、ここに来たんだ？」

「町田は通り道だし、職場なら、あなたに怒鳴《どな》られないと思ったのよ。それに一日遅れだけど、お父さんとどこかで二十七回目の結婚記念日を祝いたいと思って……」

「おれは、寛子の父親じゃない。職場で、お父さんなんて呼ぶな」

「悪かったわ。怒らないで、一《はじめ》さん」

「そう呼ばれるのも困る」

「照れちゃって。ね、夕飯を一緒に食べましょうよ」

「まだ仕事が終わってないんだ。先に家に戻ってくれ」

半沢は素っ気なく言った。すると、奈穂が口を開いた。

「あんまり冷たくすると、奥さんに本格的な家出をされちゃいますよ。ご夫婦で、『レッドロブスター』あたりで食事をされたら？」

「しかし、まだ職務中だしな」

「職務中でも食事は摂《と》ってもいいはずです」

「それはそうだが……」

「奥さん、差し入れの焼き菓子、ご馳走《ちそう》さまでした。また、ぜひ、お目にかかりましょう」

「ええ、そうね」

寛子が奈穂に急《せ》かされ、床からトラベルバッグを持ち上げた。半沢は無言で妻に近寄り、トラベルバッグを引ったくるように取った。

「よかった。これで、仲直りできたわけね」

「夕飯を喰《く》うだけだぞ。仕事中なんだから、ワインもシャンパンも飲まないからな」

「わたしが飲む分は別に問題ないでしょ？」

寛子が言った。

「ああ、それはな」

「それじゃ、わたしひとりで何杯も祝杯を上げるわ」

「一杯ぐらいなら、おれもつき合ってやるよ。さ、行くぞ」

半沢は妻に言って、先に刑事課を出た。

2

タクシーが温泉街に入った。

長野県の諏訪《すわ》温泉だ。諏訪湖の東側である。

奈穂は窓の外に目を向けた。新旧のホテルや旅館が左右に連《つら》なっている。

高坂茉利の母親の静江《しずえ》は、『菊乃屋《きくのや》』という旅館で住み込みで働いているはずだ。きのう、奈穂は森刑事とそのことを調べ、今朝《けさ》九時過ぎに東京を発《た》ったのである。

やがて、目的地に着いた。

森刑事が料金を払い、レシートを受け取った。奈穂たちはタクシーを降りた。すぐにタクシーは走り去った。

「昼間の温泉街って、なんとなく間《ま》が抜けた感じがしないか？」

森が小声で言った。

「賑《にぎ》わいや活気は感じられませんよね。でも、ここは有名な温泉地だから、夜になったら……」

「だろうな。さて、行くか」

「はい」

　二人は『菊乃屋』の門を潜《くぐ》った。駐車場の横のアプローチは、日本情緒たっぷりの前庭だった。苔《こけ》むした石畳は、打ち水でしっとりと濡《ぬ》れている。いい感じだ。

　広い玄関に入ると、奥から四十代後半の和服姿の女性が現われた。茉利の母親だった。

「ご予約のお客さまでしょうか？」

「いいえ、わたしたちは東京の町田署刑事課の者です。おばさん、わたしのことを憶《おぼ》えてません？　わたし、国立二中で茉利さんと同学年だったんですよ」

　奈穂は言った。

「見覚えのある方だと思っていましたが、やはり、そうでしたか。お名前は忘れてしまったんですけどね」

「伊織奈穂です。隣にいるのは森刑事です」

「八年以上も前に行方のわからなくなった娘のことで何かわかったんでしょうか？」

「残念ながら、そうではないんです。別の事件の捜査を進めていたら、過去の少女失踪事件と何か繋がりがある可能性が出てきたんですよ。それで、こちらにお邪魔したわけです」

「それはわざわざ申し訳ありません。どうぞお上がりになってください」

　高坂静江が身を屈《かが》め、スリッパを揃《そろ》えた。奈穂と森は、ロビーの隅《すみ》にあるソファセットに導《みちび》かれた。二人は並んで腰かけた。静江が奈穂の前に浅く坐った。

「茉利と同学年だったあなたが刑事さんになっていらしているなんて、時の流れは速《はや》いわね。茉利はどこで、どうしてるんでしょう？　どこかで生きてくれているといいんだけど、それはあまり期待できないんでしょうね」

「その後、所轄署から何も報告はないんですか？」

「ええ。茉利の消息がわからなくなって半年ぐらいは担当の刑事さんが捜査状況を報告してくれていたんだけど、その後は何も言ってこなくなったわね」

「二度目のご主人とは、離婚されたみたいですね？」

「そうなんですよ。それで、茉利とは父親違いの弟の達哉《たつや》とこっちに引っ越してきたんです」

「その達哉さんは？」

「バイク事故で二年前の夏に死んでしまったの。わたし、男運が悪いだけじゃなく、家族との縁も薄いのかもしれないわ。娘は八年以上も行方不明のままだし、頼りにしてた息子には先立たれちゃったんだから。去年は松本の実家の跡取りだった兄が心不全で亡くなってしまったし、不運つづきだったの」

「高坂さんは、茉利さんはきっとどこかで生きてますよ。わたし、なんとなくそんな気がしてるんです」

「そうあってほしいわね」

「娘さんが失踪した当時のことをうかがいます。茉利さんに特定の男友達はいませんでした？」

森が訊《き》いた。

「つき合ってる男の子なんかいませんでしたよ。茉利は非行少女に見られてたけど、わたし根は真面目《まじめ》な娘《こ》だったんです。派手な恰好《かっこう》して立川あたりで夜遊びしてたけど、わたしの再婚相手との仲がうまくいってなかったので、家には居場所がなかったんでしょうね。二度目の夫は、茉利がなかなか〝お父さん〟と呼ばないことに腹を立てて、いつも説教ばかりしてたの。だから、茉利はだんだん反抗的になって……」

「娘さんがいなくなった日のことをできるだけ詳《くわ》しく話してもらえます？」

「はい。いつもは夜の十一時過ぎには帰宅していたのに、あの日は午前零時を回っても戻ってこなかったんですよ。それで、わたし、娘が家出したのかもしれないと思ったんです。で、茉利の部屋を検《しら》べてみました。だけど、衣類や下着はそのままだったの。立川で何か事件に巻き込まれたのかもしれないと思って、わたし、茉利を一晩中、捜し回ったんですよ。でも、どこにもいませんでした」

「娘さんを見かけたという者は？」

「ハンバーガーショップ、居酒屋、ゲームセンターを一軒一軒訪ね歩いたんですけど、茉利を見かけたという人はひとりもいませんでした」

「そうですか」

「ただ、翌日の午後に正体を明かさない男から電話があって、『おたくの娘さんは家族愛に飢《う》えてるようで、とっても寂しげだった。このままでは横道に逸《そ》れそうだ。だから、わたしが面倒を見てあげる』と告げたんです」

「声で、ほぼ相手の年齢の察《さっ》しはついたでしょ？」

「当時、三、四十代の男だったんだと思います。それから、少し東北訛《なまり》がありました」

「当然、そのことは所轄署の者には話されましたよね？」

「ええ。警察は東北地方出身の変質者をひとりずつ洗ったようでしたけど、茉利が拉《ら》致《ち》されたという物証は摑《つか》めなかったという話でした。それから、目撃者も見つからないということだったわね」

静江が下を向いた。

「そうですか。福山常昌という名に聞き覚えはあります？」

「いいえ、ありません。その男が茉利をさらった疑いがあるんですか？」

「それはわかりませんが、ちょっと気になる点があるんです。福山という男は高利貸しだったのですが、先日、何者かに毒殺されたんですよ。そいつがね、茉利さんの失踪を伝える新聞記事の切り抜きをなぜかスクラップブックに貼《は》っていたんです。同類の報道記事が、ほかに七つも保存されてました」

「なら、その男が拉致犯臭いわね」

「ところが、そうではなさそうなんです。そして、福山は、それぞれの事件の犯人か被害者に強い関心を持ってたんでしょう。そして、独自に犯人捜しをしてた可能性もあるんですよ」

「どうして犯人捜しなんかする気になったのかしら?」

「動機は幾つか考えられます」

　森はそう言っただけで、具体的なことは喋《しゃべ》ろうとしなかった。静江が奈穂に物問《ものと》いたげな顔を向けてきた。

「あくまでも個人的な推測ですけど、福山は少女誘拐事件の加害者たちが自分と同類と感じて、ある種の親しみを覚えたのかもしれません。そうじゃないとしたら、事件の犯人を突きとめて、相手を強請《ゆす》る気だったんではないかな」

「口止め料を脅し取る気だったのではないかと言うのね?」

「ええ。あるいは、犯人たちが監禁してる女の子たちを福山は横奪《よこど》りして、自分の慰《なぐさ》み者にする気だったんでしょう」

「要するに、人質を弄《もてあそ》ぶつもりでいたってこと?」

「ええ、まあ」

「十代の女の子たちを玩具《おもちゃ》にするなんて、変態だわ。まともじゃないわよ」

「ええ、その通りだと思います。でも、福山が高坂さんの事件のことで探りを入れた様子がないとわかって、ひと安心しました。わたし、中学時代に高坂さんにとても世話になったんです。そのときのお礼をちゃんと言いたいんですよ、どうしても」

奈穂は少し迷ったが、中学時代の出来事を打ち明けた。

「そんなことがあったの。茉利は小さいときから、正義感が強かったんですよ。小学生のころも、いじめられっ子だった同級生を庇《かば》って自分も仲間外れにされたことがあったの。それでも、茉利は決して泣いたりしなかったわ。もちろん、いじめっ子たちに謝ったりもしなかった。娘は少し変わった子だったけど、心根《こころね》は腐《くさ》ってなかったの。それだから、茉利が誰かに拉致されて監禁されたんなら、臆《おく》することなく、犯人に言いたいことを言ったでしょうね。その結果、相手を怒らせて茉利は殺されてしまったかもしれないと思ってるの」

「お母さん、悪いほうに考えるのはよしましょうよ。最悪の場合、そうなっていたんだったら、高坂さんの遺体は発見されてるはずです」

……」

「犯人は娘を海か湖に沈めたのかもしれないわ。それとも、山奥の土を深く掘って
「そんなことにはなってませんよ」

「なんでそう言えるの？　茉利が消えてから、もう八年以上経《た》ってるのよ。すでに殺されてると考えるほうが自然なんじゃない？」

「小学生のときに誘拐された少女が犯人宅に十数年も軟禁されてたケースが過去に三、四例あります。確かに高坂さんが消息を絶ってから八年以上が過ぎてますけど、まだ諦めるのは早いですよ」

「でもねえ」

「わたしが高坂さんを救い出します、いつか必ず。ですので、事件に関することで何か思い出したら、すぐに連絡してくださいね」

「わかったわ」

静江が短く答えた。奈穂は自分の名刺を茉利の母親に手渡し、かたわらの森に顔を向けた。

森がうなずき、先に腰を上げた。奈穂たちは静江を励まし、『菊乃屋』を出た。

「諏訪まで来た甲斐《かい》があったな。高坂茉利を拉致したのは東北訛のある男と考えてもいいだろう。しかし、事件の翌日に高坂宅に電話をかけた人物がどこの誰かはわからない」

森が言った。

「ええ、そうですね」

「どこかで、信州そばでも喰うか？」

「そうしましょう」

　二人は旅館街を少し歩き、和食レストランに入った。隅のテーブル席に落ち着き、どちらも天《てん》せいろを注文した。

「そっちが中学時代、いじめられっ子だったとは意外だったよ」

「いまもそうですけど、わたし、あまりかわいげがありませんので」

「そうじゃないと思うよ。伊織はルックスがいいから、クラスメートたちに妬《ねた》まれたんだろう。それはともかく、借りのある高坂茉利をなんとしてでも見つけ出したいよな？」

「ええ。わたし、そのために刑事になったんです」

「マジで⁉」

「ええ、そうです」

「驚いたな。伊織は変わった娘《こ》だね。だけど、ちゃんと他人を思い遣れるし、礼儀も弁《わきま》えてる。親方が自分の娘のようにかわいがりたくなる気持ちがわかるよ」

　森が言って、コップの水を飲んだ。奈穂も釣られて喉《のど》を潤《うるお》した。

「でも、親方は伊織を単にかわいい女の子と思ってるわけじゃない。刑事実習で、そっちが優秀な女性警官になると感じたんだろう。だから、親方は伊織を一日も早く一人前の現場捜査員に育て上げたいと思ってるんだ」

「ありがたいことです。わたしも半沢係長のことは、心の中で師匠だと敬《うやま》っているんです」

「親方は、それだけの価値のある人物だよ。ところで、伊織が口にした読み筋の件だが、あれは親方が何かヒントを与えてくれたんだろう？」

「特にヒントをいただいたわけではありません。しかし、これまでの聞き込みから、福山がやりそうなことを絞ったら……」

「多分、福山が八つの失踪事件に興味を持ったのは自分で犯人を突きとめて、口止め料をせしめるか、〝獲物〟を横奪りする気だったんだろう」

「福山がどこかに横奪りした被害者の少女を監禁してた気配はうかがえませんでした。消去法で考えると、福山の狙《ねら》いは口止め料だったと考えられます」

「監禁犯のうちの誰かが金持ちだったのかもしれないな。福山はその相手から金をとことん搾《しぼ》り取る気になったんじゃないだろうか」

「それで、相手が破滅を避けたくて、福山を毒殺する気になった？　ええ、そうなのかもしれませんね」

「ゴリラのゴムマスクで面《つら》を隠して、戸浦亜美の持ってた最中《もなか》を引ったくった奴も四十歳前後だったな。年恰好《としかっこう》は東北訛のある男と一致する。高坂茉利を拉致した犯人が福山に脅迫されてたのかもしれないな」

「ええ、考えられますね」

話が中断したとき、天せいろが運ばれてきた。

二人は箸《はし》を取って、昼食を摂りはじめた。信州そばは腰があって、おいしかった。山菜の天ぷらも美味だった。

和食レストランを出た二人は、バスで上諏訪駅に向かった。中央本線で八王子駅まで戻り、横浜線に乗り換えた。町田駅前からは、藤《ふじ》の台《だい》団地行きのバスを利用した。

奈穂たち二人は刑事課に上がるなり、半沢に聞き込みの成果を報告した。もっぱら喋ったのは森だった。

「高坂さんがいなくなった翌日に電話をしてきたという東北訛のある男が少女拉致のことを福山に嗅《か》ぎ当てられて、巨額の口止め料を要求されてたんじゃないでしょうか？」

奈穂は半沢に言った。

「そうなのかもしれないが、電話の男の行動がどうも解《げ》せないな。そいつが高坂茉利をさらったんだとしたら、親にわざわざ電話なんかしないと思うんだ。犯行目的は、どうせ性的いたずらだったんだろううから」

「そういう動機なら、電話をかけたりしないでしょうね。しかし、犯人が狙った少女の何かに惹《ひ》かれて、自分の手で大人になるまで育て上げてみたいと本気で考えてたんだとしたら、被害者の家族に決してひどいことはしないと一言伝えたくなるんじゃないかしら？」

「そんな男がいるだろうか」

「いるかもしれませんよ。最愛の娘が何かで急死したんで、同じような年頃《としごろ》の他人の子を代わりに育ててみたいとか、十代の少女を神聖視してるオタクっぽい男が監禁した女の子を天使みたいに崇《あが》めたくなったとかね」

「ただのロリコン男は多いようだが、そこまで純な動機で少女を拉致して、どこかに閉じ込めたいと願う奴がいるだろうか？」

「いないとは言い切れないと思います」

「ああ、それはね。東北訛のある男が高坂茉利を引っさらったんだとしたら、そいつは被害者をとても大事に育ててるにちがいない。間違っても茉利の体を穢《けが》したり、暴力を振るったりはしてないだろう」

「そうであることを祈りたいですね」

「おれも、それを願ってるよ。それはそうと、さっき名古屋の事件の聞き込みに行った草刈・宇野班から連絡があって、福山らしき男が二年前に失踪女子高生宅を訪れ、二千万円の謝礼をくれれば、その娘《こ》が監禁されてる場所を教えると言ったらしいんだ」

「それで、被害者の親はどう対応したんですか？」

「失踪少女の両親は、その来訪者こそ拉致犯だと判断して、こっそり一一〇番通報したらしいんだよ。それで、福山と思われる奴はパトカーが駆けつける寸前に逃げてしまったそうなんだ」

「草刈さんか宇野さんが被害者宅で、福山の顔写真を見せたんですね？」

「ああ、見せたという話だったな。不審な男は中村太郎と名乗ってたらしいが、被害者の両親は福山の顔写真を目にして、来訪者とそっくりだと口を揃えたというんだよ」

「それなら、福山だったんでしょう。福山は名古屋の女子高生を監禁した犯人を突きとめ、そいつに口止め料を要求したんじゃないのかな。しかし、その要求は突っ撥《ぱ》ねられてしまった。それで、やむなく被害者の親から謝礼を出させる気になったのかもしれませんよ」

「そう筋を読むべきか」

半沢が言って、机上の煙草とライターに左腕を伸ばした。

そのとき、強行犯係の固定電話が鳴った。今井がスリーコールで受話器を取った。

電話は半沢に回された。

「村尾と横須賀に出向いた堀切からの連絡だよ」

半沢が奈穂と森に言い、外線ボタンを武骨《ぶこつ》な中指で押し込んだ。

通話は数分で終わった。森が半沢に声をかけた。

「横須賀の失踪女子中学生宅にも、福山らしき男が行ったようですね？」

「ああ、中村太郎と称してな。名古屋のケースと同じように、そいつは二千万円出せば、監禁犯の名と連絡先を教えると言ったようだ。しかし、被害者の両親と祖母に怪しまれたんで、そそくさと立ち去ったという話だったよ」

「堀切さんは、被害者の家族に福山の顔写真を見せたんでしょ？」

「見せたら、怪しい来訪者とよく似てると言ったらしいよ」

「そうですか。となると、福山は高坂茉利を拉致した犯人を密《ひそ》かに突きとめ、その相手にも巨額の口止め料を要求したんでしょう」

「そうなんだろうな。福山の未亡人に会って、中村太郎名義の銀行の口座がどこかに隠されてないか検べさせてもらうか」

半沢が言って、セブンスターをくわえた。

東北訛のある男の正体がわかれば、高坂茉利の安否《あんぴ》はわかるはずだ。

奈穂は自席についた。

3

全身が汗ばんできた。

半沢は上着を脱いで、ネクタイの結び目を緩《ゆる》めた。福山邸の二階の書斎である。奈穂たちが信州に出張した翌朝だ。十時半を回っていた。未亡人の千春は夫婦の寝室、そして部下の奈穂は地下のオーディオルームにいる。

半沢たち三人は四十分ほど前から手分けして、中村太郎名義の預金通帳を探していた。毒殺された福山が過去の少女失踪事件関係者から多額の口止め料か、謝礼を受け取っていた証拠を押さえたかったからだ。

すでに両袖机《りょうそでづくえ》の引き出しは、すべてチェック済みだ。書棚も三分の二は、くまなく検《しら》べている。だが、殺された福山が架空《かくう》か他人名義で開設した銀行口座の通帳はどこにもなかった。

この家を訪れたとき、半沢は真っ先に千春に故人が銀行の貸金庫を利用していたかどうか確かめた。未亡人は、亡夫が貸金庫を使ったことは一度もないと明言した。

彼女が嘘をついていないとしたら、架空口座か他人の通帳が福山宅のどこかに隠されているはずだ。もう少し粘《ねば》ってみよう。

半沢は気を取り直して、書棚から文学全集を一冊ずつ引き抜きつづけた。

だが、徒労に終わった。飾り棚の上の置物や壁の油彩画の裏側まで覗《のぞ》いてみたが、結果は虚しかった。

椅子の背凭《せもた》れに掛けた上着を手に取ったとき、ドア越しに千春の声がした。

「寝室には、他人名義の通帳はありませんでした」

「そうですか。書斎も同じです。地下のオーディオルームはどうだったんだろうか」

「お連れさんのお話ですと、やはり探し物は見つからなかったそうです。居間に冷たい物を用意しましたので、ひと休みしてから、別の客間なんかを三人で……」

「そうですね」

半沢は上着を羽織《はお》った。

千春の足音が遠ざかった。半沢はハンカチで額と首筋の汗を拭《ぬぐ》って、ネクタイを締め直した。書斎を出て、階下に降りる。

居間に入ると、千春と奈穂がソファに腰かけていた。

コーヒーテーブルの上には、三つのゴブレットが載《の》っている。中身はグレープフルーツジュースだろう。半沢は奈穂の隣に坐った。千春がグレープフルーツジュースを客の前に置く。

半沢は礼を言ってから、ゴブレットを摑み上げた。ストローが用意されていたが、直《じか》にゴブレットを口に運んだ。

奈穂と千春はストローを使った。

「家族には見られたくない物があったら、きみはどこに隠す？」

半沢は部下に問いかけた。

「物にもよりますけど、多分、ランジェリーを入れてある引き出しの奥あたりに隠すでしょうね」

「女の場合は、そうかもしれないな。しかし、今回は男だからね」

「係長だったら、どこに隠します？」

「まだ俸給やボーナスが現金で支給されてたころ、へそくりを学生時代のアルバムの間に三万円ずつ挟《はさ》んだ記憶があるな。計十二万円だったんだが、妻にはバレなかったと思うよ」

「そうですかね。奥さんは知ってて、知らない振りをしてたんじゃないのかな。係長の奥さんは良妻賢母タイプだから、夫に外で恥をかかせるようなことはしたくないと考えたんじゃないかしら？　男には、男のつき合いがあるでしょうからね。時には学生時代の後輩や部下に一杯飲ませたりしなければならないでしょ？」

「それ、催促か？」

「あっ、違いますよ。わたし、そこまで育ちが悪くないと思いますけど」

「ケーキ屋のひとり娘だから、小遣いに不自由したことはないってか？」

「別にお嬢さん育ちではありませんけど、わたし、子供のころから他人の財布を当てにするような生き方はするなって両親に教えられてきたんです。だから、基本的には他人に奢《おご》られるのは嫌いなんですよ。たかだか食事やお酒で卑屈《ひくつ》になったりしたくありませんからね」

「おれは育ちがよくないから、只飯《ただめし》や只酒《ただざけ》は大好きだよ。誰かが高級クラブや料亭に連れてってくれたら、そいつをヨイショしまくっちゃうね。たとえ相手が軽蔑《けいべつ》したくなるような奴でも、尊敬に価《あたい》する人物だぐらいは平気で言うよ」

「係長がそんなことをするわけありません。照れ隠しに露悪《ろあく》趣味をちらつかせてることは、ちゃんと見抜いてますよ。係長は俠気《おとこぎ》があって、器《うつわ》も大きいと思います」

「でっかいのは尻《けつ》だけだよ」

「そんなふうに照れてるときの係長って、なんかかわいいな」

「五十男を捕まえて、かわいいはないだろうが。小娘にからかわれるようになっちゃ、おれもおしまいだな」

「わたしを小娘扱いすると、逮捕しちゃいますよ」

奈穂が甘く睨《にら》んだ。半沢はおどけて、両手を前に差し出した。

「お二人を見てると、なんだか仄々《ほのぼの》とした気持ちになるわ」

千春がほほえんだ。

そのとき、居間のインターフォンが鳴った。未亡人が半沢たちに断《ことわ》ってから、静かに立ち上がった。千春は壁際まで歩き、インターフォンの受話器を外した。

応対の声が硬くなった。どうやら来訪者のことを快《こころよ》くは思っていないようだ。

「福山が世話をしていた山路彩香さんが見えたんです。ちょっと失礼しますね。すぐに戻ってきますので」

千春が受話器をフックに掛け、慌《あわ》ただしく居間から出ていった。

「親方、わたし、ちょっと様子を見に行ったほうがいいんじゃないですか？　故人の愛人だった彩香が未亡人に何かするかもしれませんので」

奈穂が囁《ささや》き声で言った。

「何かされそうになったら、未亡人は救《たす》けを求めるだろう」

「そうでしょうけど、一千五百万の手切れ金を貰《もら》えなかったことで、山路彩香が千春さんを逆恨《さかうら》みしてるのかもしれませんし」

「愛人だった彼女は、この家のチワワを農薬入りの肉まんで死なせてしまったことを警察に知られてるんだ。下手なことはやらないだろう」

半沢は脚《あし》を組み、紫煙をくゆらせはじめた。

一服し終えたとき、千春が居間に戻ってきた。茶封筒を手にしている。

「福山は、中村太郎名義の預金通帳を愛人のマンションに隠してあったようです。山路さんはきのう部屋を引き払ったらしいんですが、リビングボードの上の壺《つぼ》の中に通帳が入ってたというんです。福山の物にちがいないと思って、山路さんはわざわざ届けてくれたんですよ。それから、うちのペットを死なせたことをきちんと謝って立ち去りました」

「そうですか。それ、拝見させてください」

半沢は坐り直し、右手を差し出した。

未亡人が茶封筒ごと差し出した。半沢は茶封筒を受け取り、中からＪＦＫ銀行町田支店の総合口座通帳を取り出した。口座の名義は中村太郎になっていた。

半沢は通帳を検《あらた》めた。四月二十六日に三千万円、五月九日に二千万円が振り込まれていた。振込人は五味隼人《ごみはやと》と記《しる》されている。二度に分けて振り込まれたのは、おそらく口止め料だろう。

半沢は通帳を千春に返した。

「その五千万円は、いったいどういうお金なんでしょう？」

千春が小首を傾《かし》げた。

「おそらく福山さんは五味隼人なる人物の犯罪の事実を知って、巨額の口止め料を脅し取ったんでしょう」

「犯罪の事実って？」

「振込人は少女を拉致したと思われます」

半沢はいったん言葉を切り、スクラップブックに貼られていた八枚の切り抜きのことから順に説明しはじめた。

「福山は少女失踪事件の加害者を自分で突きとめて、五千万円をせしめたのではないかとおっしゃるんですね？」

「奥さんは、ご主人が独身のころに母方の伯母の養子になって、旧姓を棄《す》てたことはご存じでしょ？」

「ええ、その話は結婚前に聞きました。独身を通してきた伯母が自分の代で福山の苗字を絶やしたくないからと頭を下げたので、養子の話を断れなかったんだと言ってました」

「そういう気持ちもあったかもしれませんが、亡くなったご主人は思い出したくない過去と訣別《けつべつ》したくて、旧姓の水島を棄てたんでしょう」

「どういうことなのかしら？」

千春が半沢と奈穂を等分《とうぶん》に見た。

半沢は胸を痛めながら、福山の前科の内容に触れた。

「死んだ夫が二十代のころにそんなことをしてただなんて……」

「惨《むご》い話をしてしまったな。しかし、そのことを明らかにしないと、あなたの協力を得られないと思ったんですよ」

「協力？」

「ええ、そうです。その通帳を少しの間、お借りできませんか。多分、福山さんは五千万円を振り込んだ奴に毒殺されたのでしょう。五味隼人というのは偽名かもしれませんが、本名とも考えられます。そのあたりのことを銀行で確認したいんですよ」

「そういうことでしたら、協力は惜《お》しみません」

千春が通帳を茶封筒に入れ、コーヒーテーブルの上に置いた。半沢はそれを預かり、間もなく部下と一緒に福山宅を辞去した。

公用車で町田駅前に急いだ。目的のメガバンクの町田支店はバスセンターの斜め前にある。

半沢は覆面パトカーを銀行の専用駐車場に入れ、行内に入った。案内係の男性行員に素性《すじょう》を明かし、支店長との面会を求める。

ほどなく半沢たち二人は、奥の顧客相談室に通された。

清潔な部屋だった。壁には三十号ほどの油絵が掲《かか》げられ、観葉植物の鉢が配されている。

数分待つと、四十七、八歳の支店長が現われた。守谷《もりや》という姓だった。

守谷支店長は、〝中村太郎〟の現住所が『ピースファイナンス』と同じ所番地であることを渋々ながらも認めた。しかし、肝心の振込人に関することは何も明かそうとしなかった。

「個人情報の保護は無視できませんので、どうかわかってください」

「プライバシーを尊重するのは、いいことです。しかし、〝五味隼人〟なる振込人を庇《かば》うことによって、ひとりの少女の命が奪われるかもしれないんですよ」

半沢は支店長に言った。

「ほんとなんですか⁉」

「ええ。五千万円を〝中村太郎〟に振り込んだ人物は、十代の少女を長いこと監禁してるかもしれないんですよ。その女の子が逃げようとしたら、振込人は犯行が発覚することを怖れて、殺害してしまう可能性がある。あなたにも、お子さんがいるんでしょ？」

「はい、娘が二人います。長女はもう社会人ですが、次女はまだ大学院生です」

「だったら、監禁されてる少女の親御さんの気持ちはわかるでしょう？」

「ええ、わかりますよ。しかし、個人情報を漏《も》らすことはよくないことですんでね」

守谷支店長が答えた。

「監禁されてるのは、わたしの中学時代の同期生かもしれないんです。わたし、その彼女に恩義を感じてるんですよ。だから、絶対に彼女を救い出したいんです。なんとかご協力願えないでしょうか」

奈穂が言って、床に正坐した。すぐに深く頭を下げる。

「そんなことをされても……」

「人間の命は何よりも重いんだ。規則も大事だろうが、おたくは犯罪者を間接的にサポートすることになるかもしれないんだぞ。ルールよりも、人命を尊重すべきなんじゃないのか」

半沢は会話に加わった。守谷は答えない。

「わかった。頭取に頼むことにしよう。人間的な頭取なら、われわれに協力してくれるだろう。それで、おそらくおたくは降格されるだろうね」

半沢は支店長を心理的に追い込んだ。

「それは困る、困りますよ。年下の支店長の下で働かされるのは屈辱的ですんで」

「それなら、協力してほしいな」

「少々、お待ちになってください。いま、その振込人のことを調べてきます」

守谷がソファから立ち上がり、あたふたと顧客相談室から出ていった。奈穂が腰を浮かせた。

「親方、ありがとうございます」

「おれはそっちのために、支店長にきついことを言ったわけじゃない。刑事の仕事を全《まっと》うしただけだよ。いいから、ソファに坐れ」

「はい」

「静かに待とう」

半沢は言った。奈穂がうなずき、椅子に腰かけた。

数分が流れたころ、守谷支店長が戻ってきた。差し出された紙切れには、振込人の氏名と住所がメモされていた。

五味隼人は本名で、自宅は杉並区永福町《えいふくちょう》にあった。

半沢たちは守谷に謝意を表し、すぐに銀行を出た。スカイラインに乗り込むと、五味隼人の犯歴照会をした。前科歴はなかった。

半沢は刑事課で待機している部下の今井に電話をかけ、五味の職業、年齢、家族構成などを調べるよう指示した。

覆面パトカーを発進させ、五味の自宅に向かう。十五分ほど走ると、今井から電話連絡が入った。

「五味隼人は秋田県秋田市出身で、ちょうど四十歳です。東京の有名な美術大学の油絵科を出て、ずっと洋画家と称してるようです。しかし、年収は五十万円にも満たないみたいですね」

「どうやって喰ってるんだ？」

「父親の五味謙一郎《けんいちろう》、七十三歳は秋田県内で一、二を争う資産家なんですよ。息子は社会人になっても、親の脛《すね》を齧《かじ》ってきたようです」

「売れない画家なら、独身なんだろうな」

「ええ、現在はね。五味隼人は二十五歳のときに二つ年下の女性と結婚して、翌年に一女をもうけました。しかし、その娘は二歳のときに突然死してしまったんですよ。その子供を溺愛《できあい》してた五味は妻に八つ当たりするようになって、結婚生活は約四年で破局を迎えることに。それ以来、父親名義の永福町の洋館で独《ひと》り暮らしをしてるというこことでした。秋田の実家には、隼人の妹夫婦が入ってるようです。母親は去年、他界しました」

「そうか。ありがとう」

「福山に五味隼人が五千万円を脅し取られたんだとしたら、自称洋画家は誰か少女を監禁してるのかもしれませんね。そして、五味が脅迫者の福山に毒を盛った疑いも……」

「そうだな」

半沢は電話を切り、運転に専念した。

五味の自宅を探し当てたのは、それから約三十分後だった。大きな洋館は、うっそうとした樹々《きぎ》に囲まれていた。敷地は優《ゆう》に二百坪はありそうだ。

半沢たちは覆面パトカーを五味邸の裏通りに駐《と》め、付近の聞き込みを開始した。

三軒目に訪ねた家の主婦から、大きな手がかりを得ることができた。独り暮らしのはずの五味が二駅離れた大型ショッピングセンターで女性用衣類や化粧品を買い求めている姿を何度か目撃したらしい。そのことから、売れない洋画家が誰か女性と同居していている可能性があることがわかった。

「わたし、セールスウーマンに化けて、五味邸になんとか入り込んでみます」

　路上で、奈穂が言った。

「その手を使うのは、リスキーだよ。五味に身分を看破《かんぱ》されたら、伊織の身が危なくなるからな。それに監禁されてる女性がいたら、その娘《こ》の口を封じられるかもしれないじゃないか」

「そうなんですけど、高坂さんが五味の洋館のどこかに閉じ込められてると考えると、じっとしていられない気持ちなんですよ」

「そうだろうが、ここは焦《あせ》らないことだ。もし五味が誰も女の子を拉致してなかったら、勇み足をしたことになるからな」

「親方、五味隼人は女性用の衣類や化粧品まで買ってるんですよ。家の中に、女性がいることは間違いないでしょ？」

「ああ、それはな。だが、さっきの主婦の証言の裏付《ウラ》けを取ったわけじゃないんだ」

「それはそうですけど、もたもたしてたら、軟禁状態にある被害者の命の炎が消えてしまうかもしれないんですよ。ずっと狭い場所に長いこと閉じ込められてたら、足腰はかなり弱くなってると思います。内臓だって、悪くなってるでしょう。それから、場合によっては、精神のバランスを崩してるとも考えられます」

「そうだな」

「ですから、一分一秒でも早く五味邸の様子を探りたいんですよ」

「だからといって、いま捜査ミスを犯すわけにはいかないんだ。今井以外の部下を呼び寄せて、みんなで洋館を張り込もう。もちろん、五味が外出したら、当然、尾行する。いずれにしても、捜索令状はまだ取れないんだ。もどかしいだろうが、じっと我慢してくれ。忍耐が刑事を成長させるんだ。いいな？」

半沢は奈穂に言って、スカイラインを駐めてある裏通りに向かった。

4

洋館の電灯が点《つ》いた。

奈穂は隣家の敷地内で張り込んでいた。午後六時半過ぎだった。

二十メートルほど離れた場所には草刈がいた。奈穂と同じように垣根《かきね》の間から五味邸をうかがっている。

反対側の隣家の庭先には、宇野と森がいるはずだ。堀切と村尾は五味邸の前に張りついている。半沢係長は脇道に駐めた覆面パトカーの中だ。

洋館の居間で人影が動いた。

厚手のドレープのカーテンは、両脇に寄せられたままだ。白いレースのカーテンの向こうは透《す》けて見える。

居間で何か探し物をしている四十年配の男は、紛《まぎ》れもなく五味隼人だった。取り寄せた有名美術大学の卒業アルバムの写真よりも、かなり老《ふ》けている。それでも、面立《おもだ》ちで本人と確認できた。

長い髪を後ろで一つに束《たば》ねた五味はジョン・レノンの顔がプリントされた黒いTシャツを着ていた。下は草色のカーゴパンツだった。中肉中背だ。

五味が居間から消えた。少し経つと、稼ぎの少ない洋画家はポーチに姿を見せた。郵便受けから夕刊を取るつもりなのだろう。

奈穂は、そう予想した。

だが、五味はサンダルを突っかけたまま、外に出た。張り込みに気づいたのか。それとも、買物だろうか。

二分ほど過ぎたころ、草刈が近づいてきた。

「いま親方と無線交信した。五味は近くにあるコンビニに入ったそうだ。村尾が尾行中らしい」

「そうですか。五味邸で女性の人影は視認《しにん》できました?」

「いや、見てない。五味邸の向こう側にいる宇野・森のペアも、まだ一度も女性の姿は見かけてないらしいよ」

「納戸《なんど》かどこかに幽閉《ゆうへい》されてるんじゃないかしら？」

「そうなんだろうか。ひょっとしたら、洋館の中には女なんかいないのかもしれないな」

「でも、近所の主婦が五味が大型ショッピングセンターで女物の衣類や生理用品を買ったとこを見てるんですよ」

「しかし、その目撃証言の裏付《ウラ》けは取れなかった。村尾が大型ショッピングセンターに行ったんだがね。それに、隣家の者の話だと、女物の衣服やランジェリーが干《ほ》されたことは一度もないらしいんだよ」

「女性の洗濯物を物干しに吊《つ》るしたら、変に思われるでしょ？　だから、家の中で乾かしてるんじゃないですか」

「その可能性もあるな。けど、女の声は誰も聞いてない」

「口許に粘着テープか何か貼られてるのかもしれませんよ。あるいは、強烈な恐怖心を植え付けられてしまったので、被害者は声をたてられなくなったとも考えられます」

「そうなのかな。とにかく、もう少し粘ってみよう」

「はい」

奈穂は大きくうなずいた。草刈が所定の位置に戻った。

洋館の中の様子を覗くチャンスは、いましかなさそうだ。住居侵入になるが、仕方がない。

奈穂は草刈刑事の目を盗んで、境界線に植えられた柘植《つげ》の垣根を少しずつ左右に押し拡《ひろ》げた。少し経つと、抜けられるほどの隙間ができた。

奈穂は身を屈め、垣根を潜《くぐ》り抜けた。五味邸の庭木伝いに洋館に接近する。

居間の隣にアトリエらしき部屋があった。

奈穂は、そこまで中腰で近寄った。腰を伸ばし、室内をうかがう。部分照明が灯《とも》っている。

画架《イーゼル》には、少女の肖像画が架《か》かっていた。顔立ちから、明らかにモデルは高坂茉利だった。茉利の肖像画が十数点、壁に凭《もた》せかけてある。裸体画は一点もなかった。

茉利は性的ないたずらは受けていないようだ。

奈穂は、ひとまず安堵《あんど》した。そのとき、館の中から女の唸《うな》り声がかすかに響いてきた。監禁されている茉利は薬物中毒にされ、禁断症状に苦しみはじめたのか。

奈穂は旧友を救い出したい一心で、さらに違法捜査を続行する気になった。テラスを見ると、白い鉄製のガーデンチェアが置いてあった。

ガーデンチェアで居間のガラス戸をぶち破って、家の中に入ることにした。

奈穂は芝生の上を這《は》い進み、テラスに近づいた。中腰になって、ガーデンチェアを持ち上げる。

ガラス戸の前まで進んだとき、背後で草刈の声がした。

「ばかなことはするな。ガーデンチェアを下《お》ろすんだ」

「は、はい」

奈穂は言われた通りにした。草刈が奈穂の片腕を摑んだ。奈穂は隣家の敷地内に戻された。

「どんなことがあっても、違法捜査は慎《つつし》むべきだ。わかったな？」

「でも、洋館の中には高坂さんが閉じ込められてるようなんです。アトリエには、彼女の肖像画がたくさんありました。それから、女の唸り声も聞こえたんですよ」

「ほんとか⁉」

「ええ。すぐに東京地裁八王子支部に家宅捜索令状を請求すべきだと思います」

「しかし、請求するだけの材料をおれたちはまだ入手してないんだ。洋館の中に高坂茉利がいることを画像か映像に収めないと、捜索令状は下《お》りないだろう」

「まごまごしてたら……」

「五味が八年以上も高坂茉利を監禁してたんだとしたら、いまさら被害者を殺したりしないさ」

「そうでしょうか」

「ああ。少し気持ちを切り替えろよ。そうだ、いまのうちに腹ごしらえをしておこう。悪いが、二人分のサンドイッチと缶コーヒーを買ってきてくれないか」

草刈がスラックスのポケットから、五千円札を抓《つま》み出した。

奈穂は紙幣《しへい》を受け取り、五味邸の隣家を出た。さりげなく付近を見回したが、堀切の姿は見当たらない。裏通りで、半沢係長の指示を受けているのか。

やはり、もう待てない！

奈穂は五味邸の門に走り寄った。

門扉《もんぴ》はロックされていなかった。ふたたび奈穂は、五味邸に忍び込んだ。アプローチやポーチは草刈のいる場所からは見えない。ただ、反対側の隣家の庭先には宇野と森が張り込んでいる。

奈穂は庭木や垣根に身を隠しながら、洋館の裏手に回った。キッチンのごみ出し口は、都合《つごう》よく施錠されていなかった。

懲戒処分にされるかもしれないが、もう後戻りはできない。

奈穂はキッチンの三和土《たたき》に身を滑《すべ》り込ませ、パンプスを脱いだ。足音を殺しながら、階下の各室を覗く。どこも無人だった。

二階を検べてみる気になった。奈穂は玄関ホールに回った。

そのとき、足許から女の唸り声が響いてきた。階段の昇降口の脇に、ハッチがあった。四角に切り取られた床面が蓋《ふた》になっているようだ。

奈穂はハッチの蓋をそっと開けた。階段の下は、地下室になっていた。仄暗《ほのぐら》い。部分照明しか灯《とも》っていなかった。

奈穂は階段を降りた。

地下室は二十五畳ほどの広さだった。ベッド、ソファ、簞笥《たんす》、机、本棚が据《す》え置かれ、テレビやCDミニコンポもあった。真紅《しんく》のソファに腰かけて、呪文《じゅもん》めいた言葉を呟《つぶや》いているのは高坂茉利だった。

白っぽいワンピース姿で、薄化粧もしている。しかし、目の焦点《しょうてん》は定まっていない。表情は虚《うつ》ろだった。どうやら心のバランスを崩してしまったようだ。

視線が交わっても、なんの反応も示さなかった。景色を見るような目つきで眺めているだけだ。どうやら茉利は、旧友の顔も思い出せないらしい。

「高坂さん、わたしよ。国立二中で同学年だった伊織奈穂だけど、わからない？」

「…………」

「あなた、クラスで孤立してたわたしを庇《かば》ってくれたのよ。高坂さんのおかげで、わたしはいじめ地獄から救われたの」

「…………」

「中三の夏休みに、いったい何があったの？　この洋館の主にさらわれたんでしょ？」

奈穂は質問を重ねた。

しかし、茉利は無表情だった。そして、意味不明の唸り声を発した。

「五味に麻薬を投与されたんじゃない？　高坂さん、何か言ってちょうだい」

「………」

「わたし、あなたを救出しに来たの。駆け出しだけど、刑事をやってるのよ。わたしと一緒にここから出よう？」

「いや、いや、いや！」

茉利が幼女のように首を横に振り、地下室の隅に逃げた。怯《おび》え切った様子だった。

自分だけでは手に負えない。草刈を呼んでこよう。

奈穂は身を翻《ひるがえ》した。

すると、階段の下に五味隼人が立っていた。険《けわ》しい目つきだった。

「きみは何者なんだっ。他人《ひと》の家に無断で入り込んだりして、いったい何をしてるんだ？」

「わたしは警察官です」

奈穂は名乗って、警察手帳を呈示した。

「よくできた模造手帳だな。どこのポリスグッズの店で買ったんだ？」

「偽刑事ではありません。あなたは五味隼人さんねっ」

「そうだが、わたしが何かいけないことをしたのか？」

「あなたは、中三だった高坂さんを拉致して八年以上も監禁してたんでしょ？」

「監禁だって⁉　わたしは、不幸そうに見えた茉利の親代わりになって育ててきただけだ。勉強や躾《しつけ》も教えてやったし、欲しい物はなんでも与えてやった。わたしの実の娘は二歳で突然死してしまったんだ。寿命だったんだろうが、不憫《ふびん》でね。だから、家族愛に恵まれていない女の子を一人前のレディーにしてやりたくなったんだよ」

　五味は標準語を使っているが、アクセントが東北訛だった。

「身勝手な発想ですね。あなたはよかれと思って高坂さんを引っさらって地下室に閉じ込めたんでしょうけど、彼女は精神を病《や》むほど恐怖と不安を覚えてたんですよ」

「茉利は少し疲れてるだけさ。わたしがハイペースで大卒程度の知識と各種のマナーやエチケットを教え込んだんでな」

「高坂さんを監禁してることを福山に嗅ぎつけられて、計五千万円の口止め料を脅し取られたんでしょ？」

「福山？」

「いまさら白々しいわね。自称中村太郎のことですよ。あなたは何度も『ピースファイナンス』の福山社長に無心されることを恐れて、毒殺することを思い立った。それで、『仙華堂』で十二個の最中を買った戸浦亜美さんの後を尾《つ》けて、手提《てさ》げ袋を奪った。ゴリラのゴムマスクを被《かぶ》ってね」

「………」

「肯定《こうてい》の沈黙ですね。あなたは彫金家か誰かに予《あらかじ》め分けてもらってた一グラムの青酸カリを〇・二グラムずつに分けて、五個の最中《もなか》に混ぜ、毒入りの手土産《てみやげ》を脅迫者の福山に渡した。そうなんでしょ？」

「茉利のことで福山に五千万円を脅し取られたことは認めるが、わたしは奴を殺しちゃいない」

「それじゃ、いったい誰が福山を殺害したんですっ。資産家の父親に泣きついて、殺し屋を見つけてもらったんですか？」

「親父《おやじ》は関係ない。経済的な支援は受けてきたが、わたしはれっきとした大人だ。頭の上の蠅《はえ》は自分で追い払うさ」

「署まで、ご同行願います」

奈穂は五味に歩み寄った。

立ち止まったとき、首筋に硬い物が触れた。高圧電流銃《スタンガン》の電極だった。放電音が響いたとたん、全身に痺《しび》れが走った。

奈穂は、その場にうずくまった。五味が後ろに回り込んだ。

数秒後、奈穂は薬品臭い湿った布で口許を塞《ふさ》がれた。エーテル液か、クロロホルム液を染《し》み込ませた布を宛《あて》がわれたようだ。

奈穂は全身で懸命にもがいた。だが、力が入らない。

暴《あば》れているうちに、急激に意識が混濁《こんだく》した。奈穂は何もわからなくなった。

それから、どれぐらいの時間が経過したのか。

ふと奈穂は我に返った。地下室の床に横たわっていた。着衣に乱れはなかった。縛《しば》られてもいない。

半身を起こすと、すぐそばに五味隼人が仰向《あおむ》けに倒れていた。

その首には、正絹《しょうけん》の帯締めが二重に巻きついている。五味は呼吸していなかった。

高坂茉利の姿は見当たらない。彼女が五味を絞殺して、逃亡したのだろうか。

そうだとしたら、自分は恩人を殺人犯として追わなければならない。暗然とした気分になった。

奈穂は気持ちを切り替え、勢いよく立ち上がった。玄関ホールに駆け上がり、キッチンから洋館を出た。

五味邸の前には、心配顔の半沢係長が立っていた。思わず奈穂は半沢に抱きついた。

そのとたん、全身が小刻みに震えはじめた。安心したからだろう。

「高坂茉利は二十分ほど前に五味邸から自転車で飛び出してきて、現在、逃走中だ。

草刈、森、村尾の三人が追跡してる。洋館の中で何があったんだ?」

「五味隼人が地下室で何者かに殺されたんです」

「なんだって⁉　落ち着いて、経緯《いきさつ》を話してみてくれ」

半沢が促《うなが》した。奈穂は経過を伝えた。半沢が溜息《ためいき》をついた。

「多分、高坂茉利が五味隼人を帯締めで絞殺したんだと思います」

「いや、そうじゃないだろう。五味が買物から戻った数分後に、七十代半ばと思われる男性が洋館に入っていったんだよ。その老人は、門扉《もんぴ》と玄関の鍵《かぎ》を持ってた。おそらく洋画家の父親の五味謙一郎氏だったんだろう」

「それじゃ、父親が息子を……」

「こっちは、そう読んでる。凶器の帯締めは、五味隼人の母親の形見《かたみ》だったのかもしれないな。五味の父親は自分の息子が高坂茉利を八年以上も自宅に軟禁してる事実を知っていながら、ずっと見て見ぬ振りをしてきたんだろう。わいせつ目的の拉致監禁ではないことがわかってたからなんだと思う」

「それじゃ、五味謙一郎氏は息子が死んだ娘の代わりに高坂さんを育て上げたことを知ってたんですね?」

「そうなんだろうな。だから、息子を警察に売るようなことはしなかったにちがいない。それに、隼人の精神が少しおかしくなってたことにも気づいてたんだろう。しかし、拉致監禁は重い罪だ。いつまでも目をつぶってるわけにはいかない」

「それで、父親は息子を個人的に裁《さば》く気になったんでしょうか？」

「多分、亡くなった奥さんと一緒に倅《せがれ》を断罪する気持ちになって、凶器に帯締めを選んだんだろうな。哀《かな》しい話だ」

「五味隼人は福山殺しをはっきりと否定していましたが……」

「福山に毒を盛ったのは、自称洋画家だったんだろう。ほとんど収入のない五味自身が五千万円もの口止め料を工面できるわけない」

「父親に泣きついたんですね？」

「だろうな。五味謙一郎氏は五千万円を用立て、密かに側近の者に息子の行動を探らせはじめた。そして、倅《せがれ》が福山を毒殺したことを知ったんだろう。戸浦亜美は、たまたま運悪く五味に最中を引ったくられたんだろうな」

「五味謙一郎さんは、自首するつもりなんでしょうか？」

「いや、死んだ息子を手厚く葬《ほうむ》ったら、この古い洋館を炎上させ、自分も焼死する覚悟なんだろう」

半沢が言って、門扉に歩《ほ》を進めた。

そのとき、テラスから七十五、六歳の男が出てきた。スコップを手にしていた。

「あれが五味隼人の父親だろうな。庭に息子の遺体を埋めるつもりらしい」

「親方、行きましょう」

奈穂は上司の片腕を取った。半沢が無言でうなずいた。

二人は五味邸に飛び込んだ。


あくる日の昼下がり、奈穂は三鷹市の外れにある神経科クリニックの個室病室にいた。

前夜に草刈たちに保護された高坂茉利はベッドに横たわって、ぼんやりと天井を見つめている。その目は、まだ虚《うつ》ろだった。

何を話しかけても、反応はなかった。時折、困惑顔を向けてくるだけだ。

奈穂は途方に暮れながらも、出身中学校の校歌を口ずさみはじめた。すると、にわかに茉利の顔が明るくなった。目にも輝きが蘇《よみがえ》っていた。

奈穂は歌声を高めた。

ほとんど同時に、茉利がハミングしはじめた。そのうち、はっきりと歌詞を口にするようになった。

これがきっかけになって、早く高坂茉利が健康な心を取り戻してくれることを期待したい。

奈穂は笑顔で歌いつづけた。

取調室1の空気は張り詰めていた。

半沢はスチールデスクを挟んで、五味謙一郎と向かい合っていた。

午後二時過ぎだった。秋田の資産家は八年余も高坂茉利を自宅に軟禁していた息子を絞殺したことは昨夜のうちに認めたが、福山の毒殺については何も語ろうとしなかった。

「あんたの倅が福山に毒を盛ったんだろ？」

ノートパソコンに向かっていた草刈が焦《じ》れて、大声を張り上げた。五味は押し黙ったままだった。

半沢は手で部下を制し、資産家に話しかけた。

「親が子を庇いたい気持ちはよくわかりますよ。しかし、情《じょう》で事実を曲げてしまうことは間違ってるんじゃないのかな。殺された福山は、根っからの悪党で強欲《ごうよく》だった。わたしが息子さんと同じ立場だったら、おそらく殺意を懐《いだ》いたと思います。といって、法治国家で人殺しは許されない。多くの人間は聖者じゃないんです。時には過《あやま》ちを犯すこともありますよ。しかし、そのときは潔《いさぎよ》く悔《く》い改める。それが人の道だと思いますよ」

「そうだろうね」

「五味さん、正直に話してもらえませんか」

「わたし、共犯なんです。わたしが知り合いの板金《ばんきん》工場から一グラムの青酸カリを入手して、隼人に渡したんです。息子に福山を始末しないと、十八代つづいた旧家の名誉に傷がつくと叱《しか》り、犯行を唆《そそのか》したんですよ。家柄のことは、隼人に子供のころから言い聞かせてきたんです。わたし自身も祖父や父から、同じことをさんざん言われてきました。わが子を堪《こら》え性《しょう》のない自分勝手な人間に育ててしまったのは、このわたしなんでしょう。家柄だけを重んじて歪んだ自尊心を掻《か》き立てたので、隼人はまともに働こうともしなくなった。悪いのは、このわたしです」

「死んだ息子さんは、小学生だったわけじゃありません。一番悪いのは息子さんですよ」

「そうでしょうか。わたしが旧家の跡取り息子なんだから、誇り高く生きろと教育したことがよくなかったんでしょう。倅はプレッシャーに圧し潰《つぶ》されて、歪《いびつ》な大人になってしまったんです。なによりも大事だったわが子をスポイルさせることになった罪は大きいと思います。わたしは愚か者でした」

五味が机に突っ伏して、涙にくれた。

半沢は、そっと自分のハンカチを差し出した。下《お》ろしたての新品だった。

本書は二〇一六年六月に廣済堂出版より刊行された『逃亡前夜　刑事課強行犯係』を改題し、大幅に加筆・修正しました。

文芸社文庫

逃走
新米女刑事

二〇一九年八月十五日　初版第一刷発行

著　者　南英男
発行者　瓜谷綱延
発行所　株式会社　文芸社
〒一六〇-〇〇二二
東京都新宿区新宿一-一〇-一
電話　〇三-五三六九-三〇六〇（代表）
〇三-五三六九-二二九九（販売）

印刷所　図書印刷株式会社
装幀者　三村淳

ISBN978-4-286-21185-5